光文社文庫

長編推理小説

三毛猫ホームズの正誤表

新装版

赤川次郎

光 文 社

『三毛猫ホームズの正誤表』目次

プロローグ

電車が一揺れして、読んでいた本の間からヒラリと一枚の紙が落ちた。

幸い、落ちてすぐ拾い上げたので汚れもつかなかった。――何だろう？

広告か何かかと思って見ると、〈正誤表〉と大きな活字で印刷してあって、小さな枠の中が「ページ数、行数、誤・正」と分れている。

本文の中の誤植《ごしょく》の訂正《ていせい》である。

ああ、と思った。――さっき読んでいて、何となく「おかしいな」と思った箇所《かしょ》がのっている。

本文で「火曜日」とあったのが、正誤表で「水曜日」と訂正してあった。確かに、二日たっているはずなのに、おかしいと思ったのだ。もっとも、そう大したことでもなかったからあまり気にとめないで読み進んでしまったのだが……。

こうしてきちんと「誤り」が正されていると、ホッとする。――そう。誤りは正しておかなくては。〈正誤表〉を眺《なが》める。

本は、たとえ間違っていてもこうして訂正することができる。しかし人の生き方は……。

いや、当人の責任でなくても、一旦《いったん》間違った方向へそれてしまえばそれきりだ。

人生にも〈正誤表〉があればいい。——本心からそう思った。

そうだ。神様だって間違えることがあるだろう。そんなとき、「なってしまったことは仕方ない」と諦《あきら》めるのが正しいのだろうか。

いや、訂正できるものならば、神様だって訂正しただろう。

誰が見たって、明らかに間違っていることは、神でない人間が訂正しても許されるのではないか。

人生の〈正誤表〉か。

もし、それが可能なら——。

突然、電車の窓から見えていた夜空に白い稲妻《いなずま》が走った。

あれは——神の許可だ。

「訂正せよ」

神の声すら、聞いたような気がした。

もしそれが自分の使命なら……。

訂正しよう。——けれども、どうすればいいのか、それはまだよく分っていなかった。

ただ、〈正誤表〉の枠はすでに頭の中に描かれて、第一の名前をそこに書き込むのを待っていたのだった……。


「おめでとう」

と、片山晴美《かたやまはるみ》がシャンパンのグラスを上げて、少し間《ま》が空《あ》いた。

「ありがとう」

と、野上恵利《のがみえり》は応《こた》えたが、グラスの半分ほどを飲んだところでやめ、「今夜は飲まないことにしたの」

「そう。無理に飲むことないわ。役者さんは体が資本ですものね」

晴美は旧友を眺めて、「恵利。――何かあったの？　お祝いの夜だっていうのに、あんまり嬉《うれ》しそうじゃないわ」

「ごめんなさい。嬉しいのよ、もちろん。せっかくこんな風《ふう》に祝ってくれてるのにね。失礼なことして、私ったら」

「ちっとも。ともかく食事しながら話を聞きましょ」

「話って？」

「何か話したいことがあるって、顔に書いてある」

「相変らずね、晴美は」

と、恵利は苦笑して、「ね、お兄さんって義太郎《よしたろう》さんっていうんだっけ」

「そうよ。猫はホームズ」

「ああ、そうそう。ちょっと変った三毛猫がいるのよね」

「大分変ってるわ」

と、晴美は肯《うなず》いた。「兄の方は割と普通よ」

――野上恵利を片山晴美が招待した、夕食のテーブル。

今夜は片山も同席することになっていたが「忙しくて遅れる」と連絡があり、とりあえず女二人で食事を始めることにしたのだった。

「お待たせいたしました」

と、ディナーセットメニューのオードヴルの皿が出て、「もうおひと方《かた》はおいでになってからご用意いたします」

「そうね。出されると全部食べちゃいそう」

と、晴美は言った。「――さ、食べよう。人生、食べる楽しみがなきゃ退屈《たいくつ》よ」

「そうねえ。役者なんて、まともな時間に食べられないことが多いから……」

「あなたの劇団、〈黒竜《こくりゆう》〉っていったっけ?」

と、晴美はオードヴルをパクつきながら言った。

「うん。黒島竜《くろしまりゆう》さんっていうの、主宰《しゆさい》してるのが」

「黒島竜か。――いかにも役者って名前だ」

――恵利が役者ねえ。晴美にとっては、まだ何だか信じられないようである。

野上恵利とは高校のとき一緒で、恵利は本当におとなしく目立たない子で、いつも晴美に影のようにくっついて歩いていたものだ。

もちろん、人というのはそうそう根っから変るものではなく、今でも恵利はこうしていると、控えめでむしろ地味だ。服装だって当り前のＯＬと大差ない。――もう少し動きやすく、スポーティではあるが。

その恵利が、

「お芝居やってるの」

と、電話して来て仰天《ぎょうてん》したのがつい一年前。

見に行った舞台で、小さな役ではあったが、恵利は活《い》き活きと輝き、目立っていた。そのときの客席での話から、晴美はすでに恵利が演劇好きの間では話題に上る存在になっていることを知ったのだった……。

そして今夜――。劇団〈黒竜〉の新しい作品のヒロインに、恵利が抜擢《ばってき》されたというので、そのお祝いをやろうということになったのだが。

「――食べるの、早いね」

晴美は、恵利の皿がもう空《から》になっているのを見て目を丸くした。「高校生のころ、一人でいつまでものんびり食べてたのに」

「早食い、大食いになっちゃうの。毎日汗かいてるからね」

小柄できゃしゃな恵利の、どこにあのエネルギーが潜《ひそ》んでいるのか、と舞台を見て晴美は首をかしげる。

ただ、役者になって恵利が変ったこと——いや、変ったというより、新しく「発見」があったと晴美を驚かせたこと——それは、恵利がヒロインを演ずるに充分過ぎるほど「可愛《かわい》い」ということだった。

「——晴美」

と、恵利は言った。「お宅のお兄さん、刑事さんよね」

「うん」

と肯きつつ、晴美はいつもの予感を覚えていた。「恵利。女同士でないと話しにくいことなら、兄が来ても追い返すわよ」

「そんな……」

と、恵利は笑って、「どうってことじゃないの。ただ……私、殺されるかもしれないってこと」

テーブルに沈黙が落ちて——。

「お連れ様でございます」

ウエイターの声で、晴美が顔を向けると、

「やあ、遅れて失礼！」

と、片山義太郎がやって来た。「寒いね！　もう始めてるんだろ？」

「始まってるわ」

と、晴美は言った。「お兄さん、憶《おぼ》えてる？」

「うん。いつも、うちじゃ借りて来た猫みたいにおとなしかったね」

「お兄さん、失礼でしょ」

と、晴美がにらんだが、恵利は楽しそうに笑って、

「でも、本当にそうだったもの！　あのころ、私は自分の部屋の中――いいえ、一人っきりになれる布団《ふとん》の中くらいでしか、安心できなかったの。今はもう一つ、舞台の上でも安心できるってことかな」

「借りて来た猫って、悪口じゃないぞ」

と、片山はナプキンを広げて、「あ、僕はジンジャーエールを下さい。――うちの猫なんか、一番偉そうにしてる」

「ホームズがクシャミしてるかも」

と、晴美が言った。「ね、恵利がご相談ですって」

「へえ。チケットなら石津《いしづ》にも買わせよう」

「何言ってるの。大変なのよ、手に入れるのが」

「いえ、そんな大したことじゃないんです、本当に」

と、恵利は首を振って、「今はどういうんじゃ……。もし、私が殺されたら、よろしくお願いします」

と、頭を下げられ、

「いや、そりゃ本業だから――」

と、片山は言いかけ、「『殺されたら』って言ったの？」

と、目を丸くした。

片山の前にオードヴルの皿が置かれ、

「早く食べて。そうしないとこっちも先へ進まない」

と、晴美がせかした。

「うん」

片山はナイフとフォークを手にして、いくら何でも、食事が終るまでは殺されないよな、と思ったのだった……。

1 グループ

「寒い寒い!」

誰が聞いているというわけではないが、ともかく口に出して言わないではいられなかった。

外はそれほどの寒さだったのである。——岩井則子《いわいのりこ》はビルの通用口から飛び込むように中へ入ると、何度も大きく息をついた。

もう夜八時を回っているので、ビル全体の暖房は切られていたが、それでもまだ中の空気は暖く、ともかく木枯《こがら》しが吹きつけないだけでも良かった。

コートの前を開け、マフラーを取り、手袋を外《はず》す。——寒がりの則子にとっては、一仕事である。何しろ沢山《たくさん》着込んでいるのだ。

則子は、夜間用の受付の窓口へと歩いて行って、中を覗《のぞ》いた。

初めは、ガードマンが具合でも悪いのかと思って心配になった。紺の制服の若いガードマンが、目をつぶり、頭を左右へ強く振って、体をくねらせている。

苦しくて身悶《みもだ》えしてでもいるかのようだった。則子はガラスの戸をトントンと叩《たた》いたが、向うは気付かない様子で――。

しかし、則子はすぐにどういうことか分って笑いをかみ殺した。

若いガードマンは、ウォークマンで音楽を聞いていて、それに合せて体を動かしているのである。

ちょっと咳払《せきばら》いしてからガラス戸をもう一度叩いてやると、やっとガードマンが目を開けて、

「あ、先生！　――すみません！」

と、あわててヘッドホンを外し、テープを止めている。

「いいのよ。邪魔してごめんなさい」

と、則子は笑って、「一応、規則通りに記帳しないとね」

「はい！」

と、窓口のガラス戸を開けて、ノートを出す。「お願いします。ええと……今、二十時七分です」

〈岩井則子〉と記帳して、その前にあるサインを見る。

「あら、南原《なんばら》さん、もうみえてるのね」

〈南原悟士《さとし》〉というサイン。見慣れた几帳面《きちようめん》な字である。

「ええ、十分ほど前に」

「まあ、珍しい」

と、則子はノートを戻して、「じゃ、他の方たちもみえたら、通してね」

「はい、先生」

「先生なんて呼ばれると照れるわ」

と、則子は笑って、「中林《なかばやし》君、今夜はずっと?」

「ええ。いつも通り十二時には閉《し》めますけど、それまでは」

「ご苦労様」

と、則子は言って、ロビーの方へ歩いて行った。

「あの――」

と、ガードマンが窓口の方へのび上って呼ぶ。

「何?」

「寒いでしょ、エアコン止ってるから。スイッチ入れときましょうか」

「そうしてくれたらありがたいけど……。でも、いけないんでしょ?」

「大丈夫ですよ、分りゃしません」

この若いガードマンは、中林周一《しゅういち》という。二十五歳の独《ひと》り者《もの》なので、どうしても深夜の勤務が多くなり、則子の「会合」のあるときはたいていこの若者が窓口にいる。

「私が寒がりだってこと、知ってるのね」

「そりゃあ、見れば分ります」

言われて、則子もふき出す。そう言われてみればそうだ。

「じゃ、お願いするわ。でも、もし後でばれて叱《しか》られたら、私に言って。私の頼みで、って証言してあげる」

「はい！」

笑顔はまるで中学生か高校生か。至って爽《さわ》やかである。

則子は、照明を落とした薄暗いロビーへ出て、エレベーターのボタンを押した。

このオフィスビルの八階のクリニックに岩井則子は週一回、通って来ている。今年三十四歳。——臨床心理士の資格を持つ、心理療法家、カウンセラーである。

今、企業の中で心を病む者の数は少なくない。このオフィスビルの中のクリニックでも、カウンセラーは毎日交替で診療に来なければならないほどだった。

もっとも、岩井則子はまだキャリアとしては短く、昼間のカウンセリングは先輩の男性たちに任されている。「女性だから」ということで、特に多い中間管理職の男性から敬遠される、という事情もあった。

今、臨床心理士の資格を持つ者は四千人を超えているが、それでも、カウンセラーは注射一本射《う》って、はい終り、というわけにいかない。手間と時間を要するもので、こうして、則子にも週一回、夜のカウンセリングの仕事が回って来ているのだ。

八階でエレベーターを降りると、〈Sクリニック〉のプレートのあるドアがすぐ目の前だ。

このドアは、少なくとも心に重苦しいものを抱えてやって来る人にとっては、いささか冷たい感じがする、と則子はいつも思っていたが、まだそんな意見を述べられる立場ではない。

「――今晩は」

中へ入ると、受付に看護婦が一人残っていた。このクリニックでは一番のベテラン、大岡《おおおか》紘子《ひろこ》だったので、則子はホッとした。

「今晩は、先生」

と、大岡紘子は微笑《ほほえ》んで、「今日、特にお休みの連絡はありません」

「そうですか」

もう五十歳近く、大岡紘子はずっと則子より年上だが、必ず「先生」と呼び、決して則子を見下すような様子は見せない。プロなのである。

「もう南原さんが」

と、少し声を低くして、大岡紘子が奥の方を見る。

「へえ。珍しい。――それじゃ」

むろん、下のノートで見て知っているのだが、今初めて知った、という顔をする。人は誰でも相手をびっくりさせようとして話をするのだ。それを、「知ってるよ」とやられては面白くない。

奥へ行きかけて、則子は振り向き、

「お嬢さん、治った？」

風邪《かぜ》をひいていると聞いていた。大学受験を控えているので大変である。

「ええ。夜、暖房を入れすぎるからなんですね。本人もこりたでしょう」

と、大岡紘子は肯いてみせた。

その笑顔は、一瞬母親のそれになった……。


ドアをノックしてから開ける。

「――やあ、先生！」

南原悟士がソファの角に座って手を上げてみせる。「いいですね、その服」

「どうも」

則子は白衣など着ない。カウンセラーは医者ではない。いつも私服である。おかげで色の取り合せからして気を付けることになるが。

「今日は早く帰れたんですね、南原さん」

と、則子は、一つだけ離して置かれている椅子《いす》にかける。

ここでは則子は常に「聞き役」だからである。実際、話をさせるだけで、ずいぶん立ち直る人が少なくない。

「帰れた、か」

と、K電機《でんき》という「誰でも知っている」一流企業に勤めている南原はちょっと肩をすくめて、「皮肉なもんだ。帰りたくてたまらないときは帰れないいし、帰りたくないときはいやでも追《お》ん出《だ》される」

「また何かあったんですね？　――いいわ、他の方もそろそろみえるでしょう」

則子は、ここのグループのファイルを開いた。

則子はここで「グループカウンセリング」を行っている。一対一で行うより、グループで語り合った方がいいと思われる人たちを集めて、互いにいわゆる「グチ」を言い合い、聞き合う。

則子は、その様子をじっと近くで見守り、必要なとき以外は何も言わない。

「――先生、いくつです？」

と、南原が訊《き》いて、「失礼に当りますかね」

「私は別に。相手によるでしょうね。私は三十四歳です」

「若い。若いな」

「年齢が？　それとも見かけが？」

「両方です。うちの課にも三十五のベテランがいますが、先生より十歳は上に見える」

と、南原は眺めて、「男性経験は？」

則子は笑って、

「酔ってるんですか？　ここはバーじゃありませんよ」

と言ってやった。

別に相手をする必要はない。こういう話を気軽に笑って聞いてくれる相手を、南原は持っていないのだ。

「生真面目《きまじめ》な課長」。――そのイメージに、必死で自分を合せて来た。その無理が、南原を追い詰めたとも言える。

「――三年前まで、東南アジアの方へ行ってたことはお話ししましたね」

と、唐突《とうとつ》に南原は話し出した。「そのとき、現地で協力してくれた優秀な男がいまして。彼が日本へ来て、本社へやって来たんです。懐《なつか》しくてね。向うも涙を浮かべて喜んでくれたし。――ま、ともかく部長に会ってもらおうと思って、連れて行ったんです。そしたら、部長室は空でね。よくフラッとどこかへ行っちまうんですよ、部長は」

と、南原は苦笑して、

「総務の新人の子と会ってる、って専《もっぱ》らの噂《うわさ》ですが、まあそれはともかく――。彼を部長室に待たせて、僕は部長を捜しに出ました。ところが運悪く、入れ違いに部長が戻ってたんです。僕が応接室を覗いてから戻ってみると、ガードマンが駆けつけて大騒ぎになってる。何ごとかとびっくりして覗くと……。何と、その東南アジアの男が部長室にいるのを見て、部長が『怪《あや》しい奴《やつ》がいる！』と騒いだんです。で、ガードマンが来て彼のことを泥棒扱いですよ。腕をねじ上げたりして……」

南原は顔をしかめて、「僕が説明して、やっと誤解は解けました。しかし、部長は謝《あやま》ろうともしない。僕に向って、『あんなのを連れて来るな』と怒るんです。どう思います？　僕は彼に何と詫《わ》びていいか分らなかった」

「それは大変でしたね」

と、則子は言った。

「偏見と高慢の塊《かたまり》みたいな男ですからね、あの部長は。あれじゃ、工場を海外へ移したって、うまく行くわけがない」

「ほらほら、額《ひたい》にしわが。――リラックスして下さい」

と、則子が言うと、

「そんな奴、ぶっ殺しちゃえばいいんだ」

と、ドアの所で声がした。

ドアを閉めずに半開きにしてあるので、話を聞いていたらしい。

「お入りなさい、相良《さがら》君」

と、則子は、メガネをかけ、きちんと髪をなでつけた、見るからに優等生の十四歳を招き入れた。

「今晩は、先生」

と、相良一《はじめ》はきちんと挨拶《あいさつ》をする。

「塾はどう？」

「学校ほど退屈じゃないです。ともかくみんな、やる気があるし」

こういう言い方をしても、いやみにならない。相良一は至って素直に自分の感想を述べているだけだし、勉強のできない子を馬鹿にしたりもしない。

自分は自分、他の子は他の子、そう割り切るすべを心得ているのである。

もっとも、それが徹底できていれば、少年がここへ来ることはない。相良一にとって、「他の子のことを気にしない」ためには条件が一つある。それは「自分が成績のトップにいること」だった。

「君もきついことを言うね」

と、南原が笑って、「ぶっ殺しちゃえばいい、か」

「だって、そんな人って、何を言ったって変んないでしょ。一生そのままですよ。だったら、死ぬしかないもん」

「確かに理屈だ」

と、南原は肯いて、「正直、奴が死んでも困る人間は、まあいないだろうね」

「その部長さん、何ていう人でしたっけ？」

「太川《たがわ》。太川恭介《きようすけ》。――社長のコネでね、突然よそから入って来たんだ。分るかい？　まるで別の会社から急にやって来たんだよ。しかも私より一回りも年下の三十八と来てる。見たところはとても三十代にゃ見えんがね」

「でも、変ですね。どうしてそんな人を部長にしたんですか？」

「それはね――」

と言いかけて、南原は、「やあ、奥さん！　いつみえてたんです？　お入りなさい」

「お邪魔じゃ……ありません？」

おずおずと覗き込んでいる女は、村井敏江《むらいとしえ》である。則子も、いつの間に彼女が来たのか気付かなかった。常に静かに歩く女なのである。

「邪魔だなんて！　あなたも我々の仲間じゃありませんか」

南原は、こんな所でも、つい「仕切って」しまうのだ。則子から見ると、そこが哀《かな》しい。

「お二人のお話が弾《はず》んでらっしゃるので……」

と、村井敏江はコートを脱《ぬ》ぎながら言った。

「まあね。グチを言うには、年齢は関係ないですな。『グチは年齢を超えて』か！　映画のタイトルにゃ向かないかもしれないな」

と、南原は笑った。「――そういえば、相良君、君のライバルはどうした？　やっぱり『殺してやりたい』のかね？」

「そんな必要ありません」

と、相良一は言った。

「どうして？」

「僕、自信があるんです。来週の実力テストではきっと勝ちます」

「偉いぞ！　その意気だ！」

南原は拍手した。

則子はやや気がかりだった。――小学校の四年生から、ずっと「学校でトップ」を通して来た相良一が、転校生にテストで負けた――二番になったのである。

それがショックで、一は頭痛やだるさを訴えるようになり、ここへやって来たのだった。二番だって大したものなのだが、まだ今の一はそう考えられない。そもそも「一」という名前からして、教育熱心な親が、「常に一番であるように」という願いをこめてつけたものだが、凄《すご》いのは、それだけではない。

両親と話をしたとき、母親は、

「この名前にしたのには、もう一つ理由がございますの」

と言ったものだ。「テストのとき、名前の欄を書くのに少しでも時間を取られないようにと思いまして。〈相良〉の方は仕方ありませんけど、〈一〉って一番書くのが早いでしょう」

これには則子も唖然《あぜん》として言葉が出なかった……。

しかし、一が立ち直るためには本来、「価値観の転換」が必要なのだ。

「一番になってやる」

と思うことは、解決にならない。

たとえ今度の実力テストで一番に返り咲いたとしても、それがいつまでも続くものではない。次の機会にまた負けてしまうかもしれないし、他の子が追い抜いて行くかもしれない。

「一番でなければ」

という思いを自分で否定できるまでには、まだ長くかかりそうだ、と則子は思った。

「頑張れよ。負けるんじゃないぞ」

と、南原は相良一の肩を叩いて、「そのライバルは何ていうんだ?」

「室田《むろた》っていうんだよ。室田淳一《じゅんいち》」

一は、わざわざメモ用紙を取って、ボールペンで書いてみせた。

「室田か。うちの社にも室田ってのがいる。酒ぐせが悪くてさ、宴会で酔うとすぐ裸になりたがるんだ」

一は、ちょっと顔をしかめて、

「そういう話って、嫌いだな」

と言った。

相良一にとって、いつも「学ぶ」ことを心がけていない人間、そういう「馬鹿な真似《まね》をする奴」は許せないのである。

則子は、一のそういうところに興味があった。父親もエリートではあるが、やはり勤め人だ。酔って帰って来ることもあると思うのだが……。

「――奥さん、今日は無口ですね」

と、南原が言って、「僕がしゃべり過ぎたかな?」

と笑った。

「いえ……」

村井敏江は急いで首を振った。「私なんか……大した悩みじゃないんですもの。皆さんに比べたら」

「そんなことあるもんですか。――現にこうしてここへ来てる。そうでしょ?」

「ええ……」

村井敏江は三十七歳。しかし、髪や服装に構わないせいか、四十代半《なか》ばくらいに見える。もともと、地味でおとなしい女性だったようだが、こういうタイプの女性が長い間灰の下にくすぶり続ける火を抱えていると、突然爆発することがあるのだ。

「――会ったんです」

と、唐突に敏江は言った。

南原が当惑して、

「会った、って……。誰に？」

敏江は顔を上げ、視線は宙《ちゅう》に漂《ただよ》っていたが、その言葉ははっきりと、

「彼に」

と聞きとることができた。

2　出演依頼

「さあ、行こう」

と、黒島は言った。「構わないんだろ、帰らなくても？」

野上恵利は喫茶店のその席から立とうとしなかった。

「――恵利」

「だめです」

「どうして？」

「劇団の人たちのことを考えて下さい。――ただですら、新人の私が主役をもらって、反感を持ってる人だっているのに、先生とこんなことになったら……」

「言いたい奴には言わせとくさ」

と、黒島は首を振って、「君は実力であの役を自分のものにしたんだ。みんなそれは分ってるよ」

「でも、だめです」

と、恵利はくり返した。「このお芝居が終るまでは、少なくとも」

黒島はため息をついて、

「おあずけか。――そういうところが君らしくていいんだがね」

と笑った。

「すみません」

「謝ることはない」

黒島は、そう機嫌を悪くした風でもなく、「この年齢《とし》になると、ついせっかちになるのかもしれない」

「この年齢って……。お若いのに」

「君の倍近いぜ」

と、黒島は言った。

すると、隣のテーブルから、

「それじゃ、我慢してあげなきゃね」

と、声がした。

「――誰だ？」

面食らって覗くと、いきなり一匹の三毛猫がヒョイと顔を出して、黒島はびっくりした。

「おい！　――この猫がしゃべったのか？」

「まさか」

「ニャー」

「――晴美！」

と、恵利が目を丸くして、「もう来てたの？」

「前の用が早くすんでね」

片山晴美は、席から立ち上ると、「聞くつもりじゃないけど、聞こえちゃった」

「あの……黒島先生。親友の片山晴美です」

「それと、飼い猫のホームズ。よろしく」

晴美が挨拶すると、ホームズも、

「ニャオ」

と、会釈《えしゃく》（？）した。

「どうも……」

黒島竜は、呆気《あっけ》に取られていた。

「失礼して」

と、晴美はホームズを抱えると、恵利たちのテーブルに移った。

「この後、会う約束だったのか？　それならそう言えばいいじゃないか」

「そう言わないで、原則論で行くところが恵利らしいんじゃありませんか」

と、晴美は言った。「あなたも恵利を愛してるのなら、公演がすむまで待つべきです」

「晴美……」

と、恵利は嬉しそうに言って、そっと目を見交わした。

黒島は笑って、

「こんな強い味方がいたのか。知らなかったぞ」

と言った。

——黒島は（黒島竜というのが本名かどうか分らないが）、野上恵利の倍の年齢というから四十前後だろうが、やはり舞台で体を動かしているせいか、細身で引き締った体つきをしている。劇団の〈黒竜〉という名に合せたのか、黒のセーター、黒のジーンズ、と黒一色で統一している。

髪も真黒《まつくろ》だが、それはいささか不自然に見えて、染めているのかと思えた。きりっと意志の強い顔立ちで、二枚目とは言えないにしても、やはり人を魅《ひ》きつけるものを持った容貌《ようぼう》だと言っていいだろう。

でも、私の好みじゃないわ、と晴美は思ったりしていた。

「ニャー」

「何よ」

と、晴美はホームズをにらんでやった。

「面白い猫だ」

と、黒島は笑って言った。

「ホームズっていうんですよ」

と、恵利が言った。「名探偵の名前をとって」

「へえ。三毛猫で外国名前か。珍しいね」

黒島は感心した様子で眺めている。

すると、ルルル、と音がして、

「おっと。僕の電話だ。ちょっと失礼」

黒島は座席に置いた大きなバッグから携帯電話を取り出し、立ち上りながら出た。

「——もしもし。——誰？」

周囲の迷惑にならないよう、ちゃんと、喫茶店の入口のスペースへと歩いて行く。晴美はちょっと感心した。

「晴美。ごめんね、わざわざ」

「いいの。今、休業中だから」

と、晴美は首を振って、「でも、恵利こそ、あの黒竜さんと……」

「黒島さん。——でも、何もないのよ、まだ。信じてね」

「信じるわよ。何しろお子様の恵利のことですもん」

「あら。失礼ね」

と、恵利はツンとしてみせるが、「ま、否定できないのが辛《つら》いところね」

「劇団の人たちは知らないの？」

「私は用心してる。何といっても、公演を控えて大切な時期だしね。みんなに反感持たれたら、辛くてやっていけないもの。でも、あの人は——黒島先生は、自分の劇団だし、プライベートでは何をしてたって関係ない、って言うの。でも、団員にとっちゃそうはいかないでしょ」

「分る。——恵利の心配も、あの先生の考えることも。上に立ってると、とかくそういう風になりがちなのよ」

「ええ……。もてる人なのよね。自分から声かけなくたって、いくらでも女の子はついてくる……。それはちょっとオーバーかな。でも、それに近いと思う。正直、劇団の子は黒島さんに誘われたら断らないだろうしね。それなのに、どうして私なんか……」

と、恵利は首をかしげている。

晴美は、相変らずだわ、と思った。恵利は自分のことがよく分っていない。

そして、「どうして私なんか」と首をかしげる恵利にこそ、黒島が魅かれているのだということも。

「——参ったな」

と、電話を終えて黒島が席へ戻って来た。

「何かあったんですか？」

と、恵利が訊く。

「しおりからだ」

「しおりさん？　どうかしたんですか」

「しおりって……。丹羽《にわ》しおり？　この間のお芝居で主役やってた？」

と、晴美が訊く。

「そうです」

と、恵利は肯いて、「今、具合が悪くて……」

口ごもっている様子から、恵利と係《かかわ》りのあることと察しがつく。

「当然、次の作品でも自分がヒロインと思ってたんでね」

と、黒島が言った。「その役を恵利にあてたら、そのショックでノイローゼ気味になった」

「今、カウンセラーの先生の所へ通ってるんです」

恵利は、気が重そうで、「気の毒ですわ」

「じゃ、君が主役を譲るか」

恵利はちょっと詰《つま》って、

「――いやです」

と、答えた。

「それでいいんだ。君がそんなことで頭を悩ませる必要はない。苦情処理も僕の仕事。演出家なんて要するに憎まれ役だ。何でも僕のせいにしておけばいい」

「でも……。それで、しおりさん、何て？」

「ここへ、今来るそうだ」

「え？」

「君と二人で会ってると思い込んでる。いくら違うと言っても信じないんだ。だから、疑うのなら見に来いと言ってやった。困ったもんだ」

晴美は呆《あき》れた。晴美がいると知らないときは、正《まさ》に恵利を誘惑していたのに。

「丹羽しおりさんって、失礼ですけど、恋人なんですか」

「え？　ああ。——ま、昔ね」

と、涼しい顔。

芸術家の身勝手と言うべきか。

「じゃ、私、晴美と先に出ています」

と、腰を浮かす恵利に、

「だめだよ。却《かえ》って疑うさ。その友だちと猫ちゃんに会ってもらえば、しおりも納得するだろう」

「でも——」

「ああ、もう来た」

と、黒島は店の戸が開くのを見て言った。「どうやら、僕の後を尾《つ》けてたんだな。それで、外から電話した……。おい、ここだ」

と、手を上げる。

硬い表情で、その女性はやって来た。

二十五、六だろう。顔立ちからいえば、恵利よりも端正な美人である。しかし、どこか人を寄せつけないプライドの高さを感じさせるものがあり、却って内に「脆《もろ》さ」を秘めているようでもあった。

「恵利は、この人と待ち合せてたんだよ。分るだろ？」

と、黒島は言った。

「片山晴美って、私の古いお友だちなんです。それと、飼い猫のホームズ」

と、恵利が紹介する。

「今晩は」

と、丹羽しおりは、役者らしくよく通る声で言った。「じゃ、先生を私が連れて行ってもいいわけね」

「それは……。先生次第じゃないんですか」

「いいんでしょ、先生？」

黒島は、ちょっとためらっていたが、恵利の不安げな表情を見て、ここは丹羽しおりの気持を和《なご》ませるのが先決と思ったらしい。

「ああ、いいよ。恵利との打ち合せもすんだ。恵利は友だちと出かけるらしいし」

「じゃ、今度は私と打ち合せして」

しおりはしっかりと黒島の腕をつかんでしまっている。

「分った、分った」

と、黒島は苦笑している。「――ああ、ところでね、片山さんといったっけ」

「は？」

「今、ふっと思い付いたんだけどね」

「何でしょう？」

黒島は自分で言い出しておいて、何やら考え込んでいる。――目を半《なか》ば閉じて、じっと身動きもしない。

晴美が戸惑って恵利を見ると、

「先生、何かアイデアが浮かぶと、いつもこうなの。今は何を話しかけてもだめ。心は架空の舞台の上に行っちゃってるのよ」

「へえ……」

確かに凄い集中力を感じさせる。丹羽しおりも心得ているのだろう、注文を取りに来たウエイトレスの方へ、黙って手を振って、近付かないようにさせた。
四、五分もそのままだったろうか。——黒島はまるで呼吸さえ止めているかのようだったが、やがてフッと体の緊張が解けると、
「よし」

と、一人で肯いて、「これで行こう。うん、固まって来た」

目が輝いている。急に若返ったかのようにも見えて、晴美は、この二人だけでなく、身近にいる女性たちがこの男に魅かれるのも分る、という気がした。

何かを創《つく》り出《だ》すエネルギーがそのまま溢《あふ》れ出《で》てくるようで、それは仕事に疲れた男たちには到底《とうてい》求められないものだった。

「——じゃ、いいですね」

と、いきなり言われて晴美が目をパチクリさせていると、

「先生。まだ何も言ってませんよ」

と、しおりが笑っている。

「え？　そうか？　俺、言わなかったか」

どう見ても本気である。「今度の芝居に出てほしい。絶対に必要なんだ！」

「——は？」

晴美が呆気に取られている。

「そうなんだ。今度の芝居の成功はそこにかかってる。断るなんてことは罪悪だよ。分るね」

「あの——待って下さい！」

と、晴美は焦《あせ》って、「私、お芝居なんてやったこともないんですよ！　とんでもないです」

すると、この天才的演出家は言った。

「君？　君のことなんか言ってないよ」

「はあ？」

「その猫だ！　この猫こそ、今度の舞台のイメージにぴったりだ！」

晴美は愕然《がくぜん》とし、怒っていいのか、笑っていいのか、一人悩んでいたのである……。


「で——何だって？」

と、片山義太郎は食事の手を休めて、「お前がホームズのマネージャー？」

「そう。やっぱりね、タレントにはきちんとしたマネージャーが付かないと」

「しかし……。大体ギャラなんて出るのか？」

「それがね、その〈黒竜〉の黒島って人、結構世渡り上手で、スポンサーをしっかりつかんでるし、それだけじゃなくて、上演をTVで放送させたりとか、凄腕《すごうで》なんですって」

「へえ」

「もちろん、どうやっても、お芝居そのものじゃ、もとは取れないそうだけど、出演者にちゃんとギャラを払うくらいのことはできるようよ」

「しかし……。ホームズはOKしたのか？」

と、片山は、一緒に遅い夕食を取っている三毛猫の方へ目をやった。

「黒島の前で、まさかホームズに訊くわけにもいかないでしょ。でも、満更《まんざら》いやでもなさそうだったし」

――片山義太郎と晴美の兄妹のアパートである。

警視庁捜査一課の刑事である片山義太郎は帰りの時間など一定しないので、こういう、「夜食と夕食の中間」みたいな食事をすることは珍しくない。

晴美はカルチャースクールの事務に勤めるOLだったが、学校の移転に伴って人を減らすことになり、今は辞めている。退職金もしっかりもらったので、のんびりして次の仕事を捜しているところ。

ホームズのマネージャー業など、正に願ったりの役回りだ。

「だけど――一体、何やるんだ？」

「知らないわ。ともかく、明日稽古場《けいこば》へ行ってみることになってるの。それでどうしてもいやなら、ホームズもそう言うでしょ」

「ふーん……。だけど、あの子が言ってたことはどうなってるんだ？」

「ああ、『殺されるかも』ってこと？」

「そうさ。――ああ、そうか。それでお前、行く気になったんだな？」

「それだけじゃないわ」

「殺されるっていうのは、その何とかいう女優のことでか？」

「丹羽しおり？　まあ、殺したってふしぎじゃないわね」

片山は顔をしかめて、

「危いことに首を突っ込むなよ。いくら暇になったからって」

と、文句を言った。「――おい、あの足音……」

「石津さんだ」

かなり重みを感じさせる足音が、アパートの二階へ上って来る。

「もうちょっと静かに歩けと言っとけ」

と、片山はおかんむり。

「自分で言えば？」

晴美は玄関へ出て行く。ドアを開けると、

「あれ？」

と、石津が目をパチクリさせて、「チャイムも鳴らしてないのに。足音だけで僕だと分ったんですか？　奇跡だ！　これこそ愛ですよ！」

「誰だって分る」

と、片山は素気《そつけ》なく言った。

「いや、晴美さんのお顔を久しく拝見していなかったんで」

「ゆうべも来たじゃないか」

「でも、二十四時間近くたってますから。やっぱり久しぶりですよ」

と、石津は強調した。

片山には分っている。晴美が目下《もつか》「失業中」なので、ここぞとばかり訪ねて来るのである。もっとも、石津のことだ。正面切ってそんなことは言えない。

「あ、お食事中だったんですか」

「ええ。石津さんも食べる？」

「でも……。そんな図々《ずうずう》しいこと」

今だって、充分に図々しい。「――じゃ、遠慮なくいただきます」

片山は今月の食費を考えて、ため息をついた。

「――じゃ、ホームズさんがデビューなさるんですか」

と、話を聞いて石津が言った。「そりゃお祝いしなきゃ！」

「ニャー」

と、ホームズが言った。

「それには及びませんって」

晴美は、自分もお茶漬を食べながら、「ともかく、恵利のことが心配。――もちろん、丹羽しおりだって役者だからね。舞台を台なしにするようなことはないと思うんだけど……」

「そうだな。取り越し苦労ってことになるだろう」

「でも、何かあったら、すぐ駆けつけてね」

と、晴美が言うと、石津ははしを止めて、

「晴美さん。――舞台に出るとき、ホームズさんには食事が出るんですか？」

と訊いた。

3　ときめき

嘘《うそ》……。

そんなことがあるわけない。だって……。だって……。

「やあ」

と、向うから気が付いて、やって来た。「また会ったね」

「瀬川《せがわ》さん……。どうしてこの電車に？」

と、村井敏江は妙なことを訊いていた。

「たまただよ。――座っていい？」

「ええ、どうぞ」

もう、ラッシュアワーを過ぎて、電車の中はパラパラと空席があった。

敏江は、少し詰めて、隣に瀬川朋哉《ともや》を座らせた。

「――しかし、びっくりだな。ついこの間、十年ぶりに会ったのに、こうしてまた会うなんてね」

と、瀬川は言った。「元から、気付かないで同じ電車に乗っていたのかもしれないね」

「そうね」

と笑ってみせたが、敏江は本当のところ笑いたいような気分ではなかった。

瀬川に会った。二度も偶然に。——いや、偶然ではない。きっとこれは「運命」なのだ。

他にどう考えようがあるだろうか。

「いつもこんな時間に帰るの？」

と、瀬川は訊いた。

ああ、少しも昔と変っていない、その声。もちろんいくらかは老《ふ》けたけれど——当然だ、瀬川だってもう三十九歳である——夫のように不健康に太ってはいない。

禿《は》げてもいないし、疲れがにじみ出ているわけでもなかった。

いや、禿げていたって、疲れていたって、そんなことはいいのである。自分だって、もう三十七で、そう若いとは思わないし、疲れているのも事実だ。

でも、夫には「疲れている相手」への思いやりの心がない。ひと言《こと》でも、やさしい言葉をかけてくれていたら、と思うが……。しかし、夫、村井貞夫《さだお》には、「働いて来て疲れている俺がどうして女房に気をつかわなきゃいけないんだ」としか思えないらしい。

敏江がカウンセラーの所へ通い出したのは、ほんの小さなことがきっかけだった……。

「殴《なぐ》られた？」

瀬川はびっくりして訊き返した。「ご主人に？」

「ええ」

「それは……。ちっとも『小さなこと』じゃないよ。とんでもないことじゃないか」

瀬川は怒りを表情に出して、「一体君が何をしたっていうんだ？」

二人は、敏江の降りる駅で降り、小さなスナックに入っていた。

本当なら、夢のような出来事で――いや、「夢そのもの」の瞬間で、もっとロマンチックな、楽しい話をしたかったのだが、今の敏江にとって、話題といえば自分がいかに不幸かということしかなかったのだ。

「新聞をね、一枚抜いたの」

「新聞？」

「洗剤についての比較の記事が載っていたから。私、とてもそういうことに神経質なの」

と、敏江は言った。「でも、そのページにいつもあの人が読んでた将棋の欄があったのね。帰って来て、夕ご飯食べながら夕刊をめくってたんだけど……。その内、気が付いてページ数を見て、『途中のページが抜けてるぞ』って怒ったの。私、すぐに取って来たのよ。で、『はい、これね』って渡したら、『どうして謝らないんだ』って……。謝るほどのことじゃないでしょ？　だから冗談で言ってるのかと思って笑ったのよ。そしたら、いきなり平手で頬《ほお》を――」

「ひどいな」

と、瀬川は眉《まゆ》を上げた。

「痛いより、ショックで。――そんなことに腹を立てる人なんて、見たことない」

と、敏江は苦笑いした。「結局、謝らなかったので、主人はしばらくむくれっ放し。でも、私も一日中、頭痛がするようになって。――風邪とかじゃないから、やっぱり神経だろうって思ったの。で、カウンセラーの所に」

「そうか……。色々《いろいろ》大変だったんだね」

「そうね」

と、敏江はさめた紅茶を飲んでいる。

「人それぞれ、苦労してるんだ」

と、瀬川がため息をつく。

「まあ。――あなたはいいじゃないの。一流企業に勤めて、そこの美人の同僚と結婚して。何の苦労があるの？」

つい、グチめいてしまって、敏江は後悔した。「ごめんなさい。いやな言い方しちゃって。――文句言っても仕方ないのよね。あんな人でも夫だし、少しはいいところも……昔はあると思ってたんだわ。自分で選んだ相手なんですもの、何しろ」

「誰だって判断を誤ることはあるさ」

と、瀬川が言って、「実は……この前会ったときには言わなかったけど、それは君に対して見栄《みえ》を張ってただけでね」

「見栄？」

「今の僕はフリーの編集者。フリーと言えば聞こえがいいけど、ろくに仕事がない、半分失業状態でね」

敏江は啞然として、

「まさか。――冗談でしょ？」

「君と一度会っただけなら……。見栄を張り通してすむけど、二度もこうして出会うっていうのは、やはり何かあるんだと思ってね。隠しちゃいけないと思ったんだ」

「だけど……どうしたの？」

「女房がね……」

「奥さん？」

「とんでもない浪費家で、僕が全く知らない内にあちこちのローンを借りまくっていた。ある日帰ってみたら、置手紙があって、姿をくらましちまった」

「――ひどい話ね」

「僕の名前で、借金がごっそり残った。仕方ない。家も何も、全部手放し、会社も辞めてね。

退職金は返済で消えた。——親に頼み込んで、何とか借金は全部返したが、無一文からまた出直しさ。この不況で、新しい職を見付けるのは容易じゃない」

瀬川はそう話しながら、明るく笑った。

「何がおかしいの？　よく笑えるわね」

「笑うのに金はかからないからね。——お互い、これでひけめを感じないで話ができるってわけだ」

それを聞いて、敏江も笑った。半分引きつったような笑いだったが、ともかく笑ったのである。

十年も暮した夫より、この数分間で瀬川はずっと身近な人になっていた。

「じゃ、今は独りなの？」

と、敏江が訊く。

「うん。残念だ。君が独りなら放《ほ》っとかないのにな」

おそらく気軽に言われたひと言が、敏江の胸を刃物のように抉《えぐ》った。

「そんな奴、ぶっ殺しちゃえばいいよ」

——何の夢を見ていたのか、そのセリフが妙に活き活きとはっきり聞こえて来て、岩井則子はふっと目を開けた。

ああ……。眠ってしまったんだわ。

電車はガタゴト揺れて、じきに駅に着くのだろう、スピードを落とし始めていた。

ここまで来ると、下りの電車も大分空《す》いている。則子は駅名を確認すべく、体をひねって窓の外を見つめた。

駅のホームが現れ、駅名のプレートを読み取る。大丈夫。この二つ先の駅だ。

帰りの電車で居眠りするのは珍しいことではない。しかも、たいていこの辺で目を覚ますから面白い。

「あんな奴、ぶっ殺しちゃえば……」

そうか。今夜のカウンセリングで、あの少年——相良一が言っていたのだ。

ああいう頭のいい子が、いかにもアッサリと言ったので、印象が強かったのだろう。

確かに今の子供たちはさりげなく「殺す」と言う。命の大切さを認識していない内ならともかく、相良一などはもう十四歳。

少し人の痛みが分ってもいい年ごろだ。

そういえば今夜、丹羽しおりが欠席していたわ。お芝居の稽古が忙しくて、と連絡は入ったようだ。

丹羽しおりの場合は、新しい上演作の主役——ヒロインの座を、全くの新人の子に奪われたという悩みだった。

でも、おそらく丹羽しおりにしても、かつて同じように誰かから「主役の座」を奪ったのである。そして今、「奪われる身」になってみると、昔のことは忘れてしまっている……。

——さあ、駅だ。

則子は立ち上ろうとして、ふっとめまいがした。——危い！

何とか立ち直れたが、下手《へた》をすれば転んでしまうところだ。

このところ、立ちくらみや貧血のような症状を起すことが多い。気になっていたが、いちいち検査など受けていたらきりがない。

医者だってそうだ。患者には、

「まめに検査を受けなさい」

と言うが、自分はさっぱり受けたがらない。

則子自身、あのクリニックで、南原たちの話を聞いていて、ふと思うことがある。

私は？　私は大丈夫なんだろうか？

私はカウンセリングを受けなくていいのかしら。人に忠告はしても、自分だって何の問題も抱えていないわけじゃない……。

駅を出ると、木枯しが吹きつけて、首をすぼめる。寒がりの則子にとっては、駅からの帰り道は辛い。十五分も歩かなくてはならないのである。

しかし、いくら嘆いていても、帰り道が近くなるわけではなし、則子は思い切って歩き出した。

――あのクライアントたちのことを考える。少しでも寒さを忘れられるように。

寂しい道でもあった。今の則子の給料では、そういうアパートしか選べないのだ。

――みんな、「誰かに自分のあるべき位置を奪われた人たち」ばかり。

南原は部長のポストを太川という男にとられ、相良一はトップの座を室田淳一という子に奪われた。丹羽しおりは主役をとられ……。村井敏江だけが少し違うが、「夫」の位置に、本当なら別の男――再会した彼――が来るはずだった、と考えれば、同様かもしれない。

人間はいつも、「どこか違ってしまった」と嘆いているものではあるが――。

「岩井さん。――岩井先生」

呼ばれて振り向くのに少し間があったのは、こんな所で声をかけられる憶えがなかったからだが、

「――あ、どうも」

同じアパートの住人である。車の窓から顔を出して、

「乗りませんか。どうせ同じアパートだ」

田口《たぐち》というセールスマンで、もう四十近いと思うのだが、独り暮し。さすがに人当りはいいが、則子はほとんど付合いがない。

「でも……」

「この寒い中、風邪ひいたら馬鹿らしいですよ。さ、どうぞ」

「じゃあ……」

正直、ありがたい。則子は助手席に素早く滑《すべ》り込《こ》んだ。

「――いつも車を駅前に置いとくんです」

と、夜道を走らせながら、少し額の禿げ上った男は言った。「何しろセールスなんて商売、何時に帰れるか分りませんからね」

「大変ですね」

と、則子は言って、「今、私のことを『先生』ってお呼びになりました？」

「ええ。お医者様でしょう？」

則子はびっくりした。

「というか……。セラピストなんです。心理療法の」

「心の病《やま》いですか。――どうも僕なんか、縁がなさそうだな」

と、田口は笑った。

則子は、相手のプライベートなことを訊くのなら、付合う覚悟がいると思っている。そう、知り合いになりたくないのなら、「何も知らずにいる」のが一番だ。

そう分っていて、それでもつい訊いてしまっていた。

「田口さん……。お独りなんですか」

「ええ。というか——離婚一回です。先生には正直に答えないとね」

「すみません、余計なことを」

「いやいや。代りに——。岩井先生もお独りですか」

則子は笑って、

「文字通り、独りですわ」

と答えていた。「忙しくて、恋人も作れません」

「しかし、お若いんですから」

「あら。もう三十四です。若いといっても……」

「僕は三十八だ。子供が——娘ですが、じき九歳になります。もう、ここ二年ほど会っていませんがね」

そういう辛さを少しも感じさせない口調である。

則子は、アパートが見えて来たとき、もっと遠ければ良かったのに、と思っていた。

いやだ。私、何を考えてるんだろう？

田口は車をアパートの前で停《と》め、

「さ、どうぞ。僕は車をこの先の駐車場へ置いて来ます」

「どうもありがとう。助かりました」

則子は鞄《かばん》を抱えて、車から出た。冷たい風に首をすぼめる。

「じゃ、失礼します」

「おやすみなさい」

と、則子は言って、アパートへと飛び込んだ。

――二階の自分の部屋へ入っても、むろん中は冷え切っている。

まだ寒さもそう厳しいわけではないが、これからはどんどん寒くなるばかりだろう。

則子は、コートだけ脱いで、中のストーブを点《つ》けた。――じき、この小さな部屋は暖くなるだろう。

大分楽なのは、田口の車で来たせいである。――田口か。およそ話などしたくなるタイプの男ではないのだが、話してみるとやはりそこは人間、面白い面を持っている。

いつも先入観を持たないように、を信条としているのに、身近な人にはつい思い込みがある。――臨床心理士も、仕事を離れると、つい偏見にとらわれてしまうものらしい。

大分部屋が暖くなった。

ホッとした則子は服を脱いでトレーナーに替えた。お風呂のお湯を早く入れよう。下の部屋に響くので、気をつかうのだ。

脱いだスーツをたたんでいると、電話が鳴り出し、ギクリとする。

こんな時間にかかってくるのは、大方家《おおかた》からだろう。

「――はい」

と、出てみると、

「田口です。お休みのところ、すみません」

「いえ、どうも……。ありがとうございました」

「いや、とんでもない」

少し間があって、「あの――お忙しいんですね、毎晩」

「毎晩、というわけでもありませんけど」

「じゃ……もし、お時間のとれそうな日があったら、食事でもいかがですか」

則子はあまりに思いがけない話に当惑した。

「あの……。ありがたいんですけど、私……」

「いや、そうでしょう。いいんです。もし、よろしければ、と思っただけで……。じゃお邪魔して、どうも――」

「いいえ。――どうも」

切ったとたんに、後悔していた。

どうして断ったんだろう？　向うはただ食事に誘ってくれただけで、何も下心があるというわけでもあるまい。

それに、「下心」といったって、則子も三十四。子供じゃない。

田口の好意を……。都合が悪ければともかく、何でもなく断るというのは、田口を信じていない、ということだ。

則子は、自分こそ何でもないことにこだわっていると気付いた。

人は、自分のことをよく知らないものである。

則子は、台所の引出しをかき回して町内会名簿を見付け、中を開いて、〈田口〉を捜した。

直接彼の部屋へ行った方が早そうだが、この格好では……。

あった！　――〈田口豊《ゆたか》〉。

電話へ手を伸《の》ばす。ダイヤルすると、すぐに向うが出て、

「――もしもし？」

則子はためらった。このまま切れば、誰からの電話かも分るまい。

「先生ですね」

と、田口が言った。

「――田口さん。申しわけありません。喜んで、お食事、ご一緒させていただきます」

「良かった！　大した所へ行くわけじゃありませんから」

田口は心からホッとした口調で、「で、いつがいいですか？」

そうだ。何も聞いてなかった。則子は自分のあがりぶりがおかしくて、つい笑いながら、

「手帳を見るので、待って下さい」

と、バッグへ手を伸した。

4 演出

「そこで、立ち止る！　――そう。猫ちゃんは椅子の上に丸くなって！」

――無茶言ってるよ、という顔で、劇団員たちが苦笑する。

だから、本当にその三毛猫がフワリと椅子の上に飛び上って、丸くなって寝るのを見て、仰天してしまった。

「見ろ！」

と、演出家が得意げに、「猫だって、ああして言われた通りにできる。お前らよりずっと優秀だぞ」

そう言われる劇団員の方は迷惑だ。

「偶然だろ」

「椅子の上にマタタビでも置いといたんじゃないの？」

などと囁《ささや》き合《あ》っていた。

当のホームズは、「好きで上ったんだよ」とでも言いたげな様子。

「——おい、恵利はどうした？」

と、黒島は言った。

「まだ来ていません」

と、劇団のマネージャー役をつとめている有田《ありた》という男が答えた。

「来てない？　連絡は？」

「ありません。大方、電車が遅れたとか……」

「分った」

黒島はしつこく訊かなかった。「しおりはいるか」

「確か、さっき見ましたが——」

と、有田が言いかけたところへ、丹羽しおりがやって来た。

「遅れてすみません」

「うん」

黒島は肯いて、「恵利が来ていない。少し待とう」

「はい」

——晴美は、ホームズに付き添ってやって来ていた。

劇場を使っての稽古である。舞台には簡単な家具なども置いてあり、具体的な動きをつけながら進めていく。

「──黒島さん」

晴美は客席の方へ下りて来て、台本に何やら書き込んでいる黒島へ声をかけた。

しかし、何かアイデアが浮かんだらしい黒島は全く返事もせずに夢中で何か書いている。

晴美は、通路を使って軽く体をほぐしている丹羽しおりの所へ行った。

「しおりさん」

「──あ、ゆうべの……」

しおりはもううっすら汗を浮かべている。

「遅れたのは何かあったの？」

「そうじゃないわ。演出家の思い違い」

「黒島さんの？」

「三十分遅く言ったの、私には。よくある話なのよ」

「じゃあ……。そう言えばいいのに」

「だめ。遅れたら、一言謝る。それで怒られずにすむの。言いわけなんかしようものなら、カンカンに怒っちゃう」

「へえ……」

「天才って、とかく気難しいの」

と、しおりは笑った。

「恵利がどうしたか、知ってる?」

「さあ。珍しいわね。あの子、決して稽古に遅れないの。それは偉いと思ってるわ。それなのに……」

しおりが、少しも恵利に対する敵意のようなものを見せないので、晴美は感心した。いや、内心、何も思っていないはずはないが、それでも、人に向って悪口や中傷《ちゅうしょう》を口にするかどうかは当人の気持次第である。

「——今、カウンセラーの所に通ってるんですって?」

触れられたくないことかもしれないと思ったが、晴美はあえて訊いてみた。

「ええ。とても楽しいわ」

と、しおりはすぐに答えた。「私も行く前は気が重かった。人がどう思うか、とか気になったし。でも、グループで話をしてると、とっても参考になる。役者はみんなカウンセリングを受けるべきじゃないかしら」

「面白そうね。どんな人が来てるの?」

「色々よ。中学生からサラリーマン……」

と、しおりが挙げ始めたとき、

「ニャー」

と、ホームズの鋭い鳴き声が劇場の中に響き渡った。

晴美はハッとした。——何ごとだろう？

ホームズが、椅子から弾みをつけて下りると、そのまま通路へ下りて来る。

晴美のそばを駆け抜け、ホームズは劇場の後方入口へ向った。そこに立っていたのは——。

「ホームズ——」

「恵利！」

晴美がホームズを追って駆け出す。

普通ではなかった。

恵利は放心したように扉《とびら》にもたれ、そのまま倒れてしまいそうに見える。

「恵利！」

晴美は駆け寄って、息をのんだ。コートが泥で汚れている。そしてコートの下に覗くスカートが裂《さ》かれていた。

「休むのよ。——どこかで横になって」

晴美は、恵利を支えて、ともかくロビーへと出た。

「どうかしたの？」

と、丹羽しおりも出て来る。

「横になれる所は？　人が入って来ない部屋が——」

「じゃ、今なら楽屋が。——こっちです」

しおりも反対側から恵利を支えてくれる。

二人で恵利を楽屋の方へと連れて行くと、

「何があったんだ?」

と、黒島がやって来た。

「行って下さい」

と、晴美が言った。

「しかし――」

「何でもない、と他の人たちには言っておいて下さい。コートの下、服が破られて、汚れています」

晴美は早口に言った。「ですから、誰も楽屋に寄こさないで下さい!」

晴美の言い方には、逆《さか》らい難《がた》い迫力があった。

黒島は理解したらしく、ややこわばった表情で、戻って行った。

「恵利……。可哀《かわい》そうに」

晴美は楽屋へ入ると、早速恵利を寝かせ、「しっかりして! 何か言える?」

「『山のあなたの空遠く……幸い住むと、人の言う』……」

恵利が詩の暗誦《あんしょう》を始めたので、晴美はホッとした。

「もう! 人に心配かけといて」

「私、何か飲物でも持って来るわ」

と、しおりが言って、楽屋から出て行く。

「――遅刻して迷惑かけた」

「何言ってるの。病院へ入る?」

「だめ! そんなことしてられない」

「恵利。何があったの?」

恵利は、胸の動悸《どうき》を抑《おさ》えるように手を当てて深呼吸してから言った。

「車の中へ引きずり込まれたの」

「車?」

「ここへ来る途中、ワゴン車が追い越して行こうとするんで、道幅も狭いから足を止めたの。そしたら――突然ワゴン車のハッチバックの扉が開いて、男が三人……。私、かつぎ上げられてワゴン車の中へ放り込まれたの」

「それで?」

「服を裂かれ、押えつけられて……。私、殺されるかと思った。そのとき、車が停《とま》ったの。踏切らしかったわ、警報機が鳴ってるのが聞こえたわ」

「そう」

「で、私、足が自由になったんで、思い切り一人の股間《こかん》を蹴《け》り上《あ》げてやった。そいつは唸《うな》って引っくり返ったわ。私、すかさず他の二人を突き飛ばして、後ろの扉を開けた。電車が通り過ぎるところで、叫んだって、誰も聞いてないわ。それで、私、車から転《ころげ》るように落ちたの」

「危いわね！」

「車はそのまま走ってってたわ。私、危うく後ろから来る車にひかれるところだった」

恵利は、フーッと息をついて、「これって——事件だよね」

「立派にね。じゃあ……恵利、大丈夫だったのね？」

「え？」

恵利は晴美を見て、ふっと赤くなると、「——うん。大丈夫。けがはしても、傷もの、じゃない」

「そうか。——じゃ、傷の手当しなくちゃね」

晴美はホッとした。「でも、一体誰が？」

「分んないわ。私にそんなに惚《ほ》れてた奴がいるのかな」

「呑気《のんき》なこと言って！」

と、晴美は苦笑した。「兄に話して調べてもらうわ。暴行未遂《ぼうこうみすい》よ」

「それはやめて」

と、恵利は首を小さく振った。

「どうして？」

「そんな時間、ないよ。今、大切なときだから」

「だけど……」

「ね、どうせ犯人なんて捕まらない。白いワゴン車ってことしか憶えてないのよ。私、車のことには詳しくないから、何て車の何年型だとか、ナンバーだとか、全然分んない。それに男たちだって、顔も思い出せない。とても無理。それだったら、むだな時間を使いたくないの」

　恵利は晴美の手を握った。

「――分ったわ」

　晴美は肯いて、「でもね、もしあなたと分ってて狙ったのなら、また危い目に遭《あ》うかもしれないのよ。だから、思い出せるだけのことを話して。後は私と兄に任せてちょうだい」

　と、説得した。

　恵利は、ちょっと目を伏せて、

「――うん。じゃ、よろしく」

　と、小さく肯いた。

　丹羽しおりが熱いスープを持って来てくれて、恵利は心から嬉しそうに礼を言うと、スープをおいしく飲み干したのだった。

晴美はそっとホームズの方へ目をやったが、ホームズは何やら考え込んでいる様子で、目を閉じていた。
それとも——居眠りしていたのだろうか。

何の用だ？

——南原悟士は少々苛立《いらだ》ちながら、その会員制クラブのドアを叩いた。

ドアはすぐに開いて、名のるまでもなく、

「太川様がお待ちです」

と、ウエイターが言った。

案内されて歩いて行くと、小部屋の一つへ通され、

「遅かったな」

と、太川が不機嫌そうに言った。

「仕事が忙しかったもので」

と、南原は言って、ソファに腰をおろした。

何の用かも言わずに、こんな所へ呼び出す。しかも、当人はこの二、三日ほとんど席にいない。

南原が課長として腹を立てるのは当然とも言えた。

「南原君」

と、太川は、二人で飲物のグラスをとりあえず触れ合せてから言った。「君が僕を嫌っていることはよく知ってる。そして、無理もないことだと思ってる」

「そうですか」

南原は、抜け目のない太川の目を見ながら言った。――危いという予感がした。下手な口はきけない。

「君が部長になるはずだった。僕はそれを横からかっさらったようなものだからね。しかし、僕は君を高く買ってる。本当だ」

「どうも」

と、素気《そつけ》なく言う。

「行く行くは、君も部長のポストにつく。それは僕が保証するよ。しかし、今は不況の時代でね。ポストは少なく、人材は多い。普通にしていて、昇進できる時代じゃない。上に対して貸しを作ること。――これが大事だ」

「貸し？」

南原には何のことか分らなかった。

太川は急に話題を変えた。

「君の課にいる、岡枝《おかえだ》君。知ってるね」

南原は面食らった。

「もちろんです。もう十何年も一緒です」

岡枝靖子《やすこ》は、今三十五歳のベテランで、無口で地味な女性だが、よく仕事はする。部下としては信頼できる人間だった。

「そう、この三日間、休んでいますね」

と、思い出して、「どうしたのかと思ってました。珍しいことで」

「昨夜、僕が会って、話を聞いた」

と、太川が言った。

「部長が、ですか」

わけが分らない。

「三日前の晩、残業していて、乱暴されたと訴えているんだ」

南原は愕然とした。

「三日前……。そうか。確かに彼女一人で残っていました。しかし――」

「君も残っていたんだね」

「九時ごろまでです。引き揚げようと思って、見たらまだワープロ室に岡枝君がいたんで、『ご苦労様』と声をかけて行きました」

「そのとき、何か話を?」

「さあ……。『まだ帰らないのか』とか、言ったような気がします。彼女は、『きりがつくまでやって行きます』と答えて――。そう、それで私は帰りました」

「他に残業していた人間は？」

「さあ……。見える範囲ではいませんでしたが」

と、首を振って、「で、岡枝君は大丈夫なんですか」

「けがなどはないが、精神的ショックで、入院していたんだ」

「――知りませんでした」

「強姦《ごうかん》されたんだからね、オフィスで。大変なショックだ」

「一体誰がやったんですか、分っているんですか？」

と、南原は身をのり出すようにして訊いた。

太川は、グラスを軽く手の中で揺すると、

「――岡枝君の話では、やったのは君だということだよ」

と言った。

「まさか」

「どういう意味だね」

「岡枝君がそんなことを言うわけが……」

「約束させたのかね。しゃべったらクビにするぞ、と脅《おど》して」

「そんな……。そんなことを岡枝君が言ってるんですか？」

「そうだ」

と、太川が肯く。

南原は、やっとこれが冗談でも何でもないと悟った。しかし、信じられないようなことだ。

「――どうだね」

と、太川が訊く。

「全く覚えがありません」

「しかし、岡枝君ははっきり君だと言ってるんだ」

「なぜ岡枝君がそんなでたらめを言うのか分りませんが、ともかく私はやっていません。岡枝君と直接会って話してみます」

「それは脅迫に当るよ」

「なぜです？　真実を探るのがなぜ脅迫なんです？」

「南原君、落ちつけ」

「落ちついてなどいられますか！」

と、叫ぶように言って腰を浮かし、それから息をつく。「――身に覚えのないことです。岡枝君も、警察へ訴えればいい」

「いいのかね？」

「私はやっていないんです。構いません」

と、昂然《こうぜん》と胸を張る。

「しかし、事《こと》が公《おおやけ》になったらどうなるね？　確かに、君がやったという証拠は出ないかもしれん。だが、岡枝君が君のやったことだと言い張れば、二人の主張は平行線だ」

「ですが――」

「まあ、聞け。結果として君が勝ったとしても、世間はどう思う？　証拠はなくても、あの人がやったのかもしれない、と思うだろう。奥さんは？　君がやっていないというのを信じるとしても、もしかしたら、という気持は消せない。結局、いつまでもすっきりしないものが残ることになるだろう」

太川の言葉を聞く内、南原は徐々に青ざめて来た。

「――部長」

と言いかけて、やめる。

太川の言葉の淀《よど》みないこと。それは太川が予《あらかじ》めこういう展開になると予想していたことを意味している。

「なあ、南原君。ここは一つ、僕に任せないか」

「どういうことです？」

「僕が岡枝君と話をつける。むろん彼女はこのまま辞めることになるが、事件については一《いっ》切口外《さい》しないという条件で、僕の方が金を渡す」

「金？」

「そうだ。結局、それが一番平和にすむんじゃないか？」

「その金は誰が出すんです？」

「僕だ。——というか、会社の経費の中に紛《まぎ》れ込《こ》ませる」

南原は、苛立っていた。

「どうしろとおっしゃるんです？　はっきり言って下さい」

「そうだな。——簡単に言おう」

太川はグラスを空にして、「実は社として見過《みすご》すことのできない損が出た。不動産投資の失敗でね。どうやってももみ消すことのできない額だ」

「不動産ですって？　うちは電機会社ですよ」

「社長の趣味さ。また、買えば必ず儲《もう》かるころだった」

「それが私とどういう関係が？」

「つまり、誰かが責任を取る必要があるということさ。社長も、株主総会でもめると分っていて、頭を抱えている。そこで——君に責任を取ってほしいんだ」

南原は啞然とした。

「そんな無茶な！」

「分っている。しかし、これは会社のためなんだ。今の経営陣が責任を取って総退陣なんてことになれば、社は大混乱だ。今は肝心なときだ。知ってるだろう？　リストラやコストダウンに、どこも必死だ。そんなところへこのスキャンダルが起ったら……。会社そのものが危くなる」

「だからって私が……」

「君をクビにはしない。それは約束する。一時的に君を子会社へやって、少し遊んでいてもらう。一年もすれば、君を今以上のポストへ戻す」

「部長……。とんでもないことです！　やってもいないことの責任を、どうして取らなきゃいかんのです？」

「誰かが取らなきゃいかんからさ」

と、太川は平然と言った。

「断ったら？」

「岡枝君が君を暴行罪で訴えるだろう。裁判は何年もかかり、金もかかる。君は犯罪者扱いされる。奥さんと——娘さんは高校生だったね。学校でそんな話が広まったら、どう思うかな」

やっと、南原は事情を理解した。

太川の仕組んだことなのだ。岡枝靖子のことも、すべて。

岡枝靖子に、どうやってそんな汚ない仕事を承知させたのだろう？

おそらく太川自身が不動産での損に係っているので、何とか逃げようと必死なのである。

「――どうする？」

と、太川は言った。

正しい答えはただ一つだ。太川をぶん殴って、出て行くことである。

それにはクビを覚悟しなくてはなるまい。だが……。たとえ承知したとしても、太川の言う通りになる保証はどこにもない……。

「これは君にとってもいい機会だよ」

と、太川は続けた。「部長のポストへの一番の近道だ。君にとって決して悪い話じゃないと思うがね」

平気でこんなことを口にする太川に、南原は怒りよりも憐《あわれ》みさえ覚えた。

太川の話を蹴って、出て行く。それは簡単だ。

しかし、太川はおそらく言った通りにやるだろう。南原以外の誰かに責任を押し付けるにしても、「あんな風になりたいか」と、南原を見せしめに使う……。

何て汚ない手口だ。ＴＶの時代劇の悪代官も真青、って奴だな。

南原は、呑気なことを考えていた。あまりに突拍子《とっぴょうし》もない話で、現実感がないのかもしれない。

「どうする？」

答えを迫る太川は、むしろ弱みをさらけ出している。

よく、マンションを売るのに、営業マンが、

「もう売り切れそうなので」

と言って、早く契約させようとするのと同じだ。

そんなによく売れているのなら、何も売りつける必要はないのだから。

こんな太川のやり方に協力するのは悔《くや》しかった。それに金ですませるというのは、犯行を認めたことになる。

「――待って下さい。少し時間を下さい」

と、南原は言った。

「時間がないんだ。――まあ、せいぜい今夜一晩だね」

「分りました。明日ご返事します」

ともかく、何か手があるはずだ。――落ちついて考えれば。きっと、きっと……。

5　陥《おと》し穴《あな》

「――あら、この人は誰？」

ビルの夜間通用口でノートに記名しようとした岩井則子は、見憶えのない名前を見て、言った。

「ああ、片山って人ですか」

と、ガードマンの中林周一が笑顔になって、「あの女優さん――丹羽しおりさんについて来たんです。入るな、とも言えなくて」

「分ったわ。上でお会いしてみましょ」

則子は手袋を外し、コートのポケットへ入れておいてコートを脱ぐ。「もう一人は？　ホームズさんって、外国の人？」

「猫です」

「え？」

「三毛猫です。この片山……晴美って人が連れて来たんです」

「じゃ、この黒っぽい丸は……」

「前肢《まえあし》をスタンプ台につけて、押したんです」

則子は笑い出してしまった。なかなかユニークな人らしい。

「じゃ、行くわ」

と、則子がエレベーターへ歩き出すと、

「先生」

と、中林が呼び止めた。

「うん？　何か？」

と、振り向くと、

「いえ……。今夜、とてもきれいです」

言っておいて赤くなっている。

しかし、則子の方も、いつもなら笑い飛ばすのだろうが、今夜はサッと赤くなって、

「中林君……。大人をからかわないでよね！」

と、足早に行ってしまう。

中林にとっても、則子の反応は思いがけなかったらしい。

「へえ……」

と、思わず呟《つぶや》いて、「岩井先生、恋愛中らしいや」

――則子はエレベーターに乗って八階のクリニックへ向う。

まだ動悸はおさまっていなかった。

しかし、今の則子にとっては、それもまた楽しい。まるで年若い乙女のように照れているのだ。

ゆうべ、則子は珍しく仕事を休んだ。――同じアパートの、あのセールスマン、田口とデートしたのである。

離婚一回で、九つの娘がいる男。両親が聞いたら嘆くだろうか。

でも、田口はともかく一緒にいて飽きない男だった。話題が広く、また面白く聞かせるすべを心得ていた。

デートといっても、二人で食事をし、少し飲んでおしゃべりして帰っただけだ。同じアパートなのだから、

「上って行かない？」

と、則子の方が誘うべきだったろうか？

しかし、焦ることはない。

ともかくお互いに「友人だ」と言えるようになったことが大切なのだ……。

――クリニックのドアを開けると、前回と同じ、大岡紘子が受付に座っている。

「先生、今晩は」

と、紘子は微笑んで、「何かいいことでも？」

則子はいささか情なくなった。みんなに一目《ひとめ》で分ってしまうのだろうか。

「たまにはね。——珍しいお客さんですって？」

「ユニークな、ね。どことなく、普通じゃありませんね、あの猫」

声を聞きつけたのか、奥の部屋から丹羽しおりが出て来た。

「先生。——お友だちを連れて来たの。聞いててもらってもいいかしら」

しおりの後ろに、若々しい女性が立っていた。

「片山晴美です」

と、挨拶して、「突然やって来てしまってすみません」

「ニャー」

見れば、片山晴美の足下にバランスの取れた体つきの三毛猫がいる。

「今晩は、ホームズね」

と、則子は挨拶した。

「私は、カウンセリングが始まったら出ていますから。皆さんプライベートなことを話されるんですから。この猫は同席してもいいでしょうか。人の気持を落ちつかせる効果があるんです、この猫」

晴美の言い方に、則子は好感を持った。若いが、「人の痛み」を分っている子だ、と思った。

「構いませんよ。こちらでお待ちになる?」

と、則子は言った。「でも、とりあえず、みんなが揃《そろ》うまで、奥の部屋で」

則子は、しおりとお芝居のことを話しながら、奥のいつもの部屋に落ちついた。

――晴美は、二人の話の邪魔をしないように気をつかいながら、端の方のソファに腰をおろした。

「――今晩は」

と、少々息せき切ってやって来た女性。

「ああ、敏江さん、今夜は早いのね」

と、則子は言った。

「ええ! 早くお話ししたくて。みんなに聞いてほしいの」

村井敏江は、スキップでもしそうに弾んでいた。

「あらあら、よっぽどいいことね」

「ええ! 私、昨日あの人とデートしたんです」

則子がギクリとした表情になる。晴美は、則子の「プロの顔」でなく、一瞬素顔が覗いた、と感じた。

「それはおめでとう」

「ねえ、私、とても怖かったんですよ。だって――何もしなくたって、私は夫のいる身で、他の男と出かけたら……。浮気した、って思われても仕方ない。そうでしょ？」

「まあ……人によるでしょうね」

「主人は絶対許しませんわ。たとえ何もしてなくても。他人が自分よりすぐれているって認めない人ですから」

敏江は晴美に気付いた。

「新しいお仲間？」

「いえ、付き添いです。丹羽さんと、この猫の」

と、足下にうずくまるホームズをちょっとなでて言った。

「まあ、可愛い！」

敏江は、かがみ込んで、ホームズの毛にそっと指を潜《くぐ》らせる。

「――猫はいいわ。結婚なんて厄介《やっかい》なもの……。人間って、自分で自分の首を絞《し》めるようなことばっかりしてるんですね」

そこへ大岡紘子が顔を出し、

「先生、南原さんが」

「入ってもらって」

「それが……」

と、ためらう。

「大丈夫！　心配ないですよ」

と、紘子を押しのけて入って来た、サラリーマンタイプの男。

「南原さん、酔ってるのね？」

と、則子が少し咎《とが》め立《だ》てする口調。

「いささかね。しかし、頭はちっとも酔わず、しっかり話もできる」

と、南原は言った。

「何かあったの？」

「聞いて下さい。――極秘事項だなんて言っといて。他言無用。そうなると、ますますしゃべりたくなるのが人情ってもんですよ」

と、南原はソファにグタッと身を沈めた。

「どうなさったの？」

と、則子は促《うなが》した。

今夜の南原はいつもと違っていた。

晴美は、席を立とうとした。が、南原は、

「そこにいて下さい！　いいんです。聞いてほしいんですよ、みんなに」

晴美は岩井則子の方を見た。則子は小さく肯いてみせた。

晴美だって、本当は聞きたいのである。もう一度ソファに腰をおろした。

「例の男です」

と、南原は言った。「太川恭介。――あいつ、俺のことをはめやがったんですよ」

「――騙《だま》したってこと？」

「ええ……。ま、信じた僕の方が馬鹿かもしれない。しかし、他に道はなかったんです。脅迫同様のやり方で、選ばされたんですから。こう言っても、分っちゃもらえませんね。順を追って話しましょう……」

南原は、太川に呼ばれて、自分の部下の岡枝靖子が暴行を受けたと聞かされたことから始めて、投資の失敗の責任をかぶるよう押し付けられたいきさつを説明した。

「――ひどい話ですね」

と、村井敏江は言った。「そんなことを承知なさったの？」

「仕方ないでしょう。やっていないと言っても、被害者の女性とは平行線になる。――迷った挙句《あげく》、太川の言う通りにしたんですよ」

と、南原は言った。「ところが……」

太川に呼ばれて、南原は重い足どりで会議室へ向った。

脅しに屈してしまったことで、自己嫌悪《じこけんお》に陥《おちい》ってもいた。しかし、他にはどうすることもできなかったのだ、と自分へ言い聞かせて、会議室のドアを開ける。

そして、南原は立ちすくんだ。

太川一人が待っているのだと思っていたのに、そこには社長、取締役から各部長まで、ズラリと並んでいたのだ。

「——入れ」

と、社長の武村《たけむら》が言った。「そこへ座りたまえ」

南原は、正面の椅子に腰をおろした。

「——君の告白状を読んだ」

と、武村は言った。「社に無断で、不動産投資を行い、部長の印を勝手に使用したというのは、背任罪に当る。しかし、当社の名前がマスコミ等に出た場合、イメージを傷つけられることになり、それは避けたい。相談の結果、君を懲戒免職とする。ただし、告訴はせず、社に与えた損害も請求しない。代りに、君はこの件について一言も洩《も》らしてはならん。もし、しゃべれば我々は君を訴え、損害を弁償させる」

スラスラとしゃべる言葉が、南原の耳の辺りを風のように流れて行く。

「なお、太川君も部長として管理責任のある立場だ。厳重に注意以後三カ月、減俸処分とする。——いいね」

「はい」

と、太川は真面目くさった顔で、「申しわけありません」

武村は南原を見て、

「処分は本日付だ。もう君はうちの社員ではない。間違えないように。明日からは出社には及ばない」

南原は、じっと太川を見ていた。太川は目を合せようとしない。

「——何か言いたいことは？」

武村に言われて、南原はやっと我に返った。——ゆっくりと立ち上り、

「これは……」

と言いかけた。

罠《わな》だ、と叫ぶか。インチキだ、とののしってやるか。それとも、ツバでも吐きかけてやるか。

しかし、分っていた。太川は初めからこのつもりで南原を騙していたのだと。

いくら本当のことを訴えても、現実に「自分一人が不動産投資で大損を出した」という告白があって、署名、捺印《なついん》しているのだから、誰も信じてはくれないだろう。

太川と二人で話したことも、すべて否定されてしまえばおしまいである。

南原は、悔しさも何も感じなかった。ただ、無力感だけが広がっていく。

「何かあるかね？」

「いえ……。何もありません」

と、南原は言った。

席へ戻った南原は、しばし呆然と座っていた。

こんなにも……。こんなにも簡単にクビか？　引っかかってしまった。――何てことだ！

あんな奴の言うことを信じて。どうしてだ？　こうなることぐらい、分っても良かったのに――。

「課長さん」

と、女の子が言った。「お電話です」

「もう課長じゃない」

「え？」

「いや。――何でもない」

と、南原は首を振って、「どこから？」

「お宅からです」

「うちから？」

珍しい。妻の洋子《ようこ》は、めったなことで会社へかけて来たりしない。

「もしもし。――何だ？」

「あなた？」

と言ったきり、洋子はしばらく黙ってしまった。

「どうしたんだ？」

「あなた……。私と京子《きょうこ》、実家へ帰りますから」

洋子の声は震えていた。

「おい。――何のことだ？」

「自分で分るでしょ。自分が何をしたか」

南原は、絶句した。――まさか。まさか！

「何があったんだ？　言ってくれ」

「今日、みえたのよ。岡枝さんという方」

と、洋子は言った。「訴えはしないけど、奥さんに知ってほしいと言って……。泣いてらしたわ」

「洋子。でたらめだ！　そんな話は嘘なんだ！」

南原の声に、課員たちがびっくりして仕事の手を止めて眺めている。そんなことはどうでも良かった。もうどうせ俺は「社員ではない」のだ。

「あなた……。会社の方もクビですってね」

「洋子。落ちついてくれ。帰ったら何もかも話す。俺は何もしてない。本当だ！」

「私……。京子だって可哀そうよ！」

涙声になったと思うと、電話は切れてしまった。

「洋子！」

ツー、ツー、という断続音が聞こえてくる。

南原は、震える手で受話器を戻した。

「課長さん、大丈夫ですか？」

と、女の子が心配してくれる。

「ああ……」

南原のこめかみから、汗が一粒、スッとくすぐったく滑り落ちて行った。

「真青ですよ。具合でも……」

「僕には話しかけない方がいい」

と、南原は言った。「もう僕は課長でも何でもないんだ」

戸惑いが課の中を走る。——南原は、机の上をほとんど無意識に片付けていた。

太川が遠くから眺めていた。南原は、すべて太川の仕組んだことだと悟っていた。

洋子にまで、でたらめな話を聞かせて。南原を徹底的にやっつけようというのだ。

なぜだ？　俺が何をした？

南原は立ち上ると、課員たちを見回し、

「色々ありがとう」

と一言、足早に机を後にした。

もう二度と、ここへ来ることはあるまい。そう分っていても、実感は全くなかった。今はともかく、急いで家へ帰るのだ。洋子と京子に、真実を告げてやらなくては。そうだ。きっと信じてくれる。二十年も一緒に暮して来たのだ。きっと、落ちつけば分ってくれる……。


「——で、家へ帰ったんですがね」

南原は笑って、「もう、女房も娘もいなかったんです。全く！　二十年連れ添った亭主よりも、見も知らぬ女の話を信じる。そんなもんですかね、夫婦ってのは」

「お気の毒な……」

と、敏江は言った。「でも、奥様も、落ちつかれたらきっとお分りになりますよ」

「だといいんですがね。——しかし、どうせ僕は失業者だ。別れるにゃ、いいときかもしれない」

「南原さん。捨《す》て鉢《ばち》にならないで」

と、則子が言った。

いつもなら口を出さないのだが、今日はそうしていられなかった。

「そうよ。何か具体的な反撃の方法を考えたらいいわ」

と、丹羽しおりが言った。「そんなこと許せない！　そうでしょう？」

「ありがとう……。少なくとも、ここにいる人たちは、分ってくれる」

南原は涙ぐんでいる。

「そうですよ。だから、飲んで忘れようとしたり、やけになっちゃだめ。ね？」

「ええ……。立ち直りますよ。きっとね」

と、南原は肯いて……。

みんな、もう一人が来ていることに、初めて気付いたのだった。

「やあ、相良君」

と、南原が手を振ってみせ、「入れよ。聞いてたのか」

「ええ」

相良一はメガネを直しながら入って来た。

則子は、そのくせが出るのはいい徴候《ちょうこう》でないと知っていた。

「相良君、どうしてた、この一週間」

と、則子は明るく訊いてみた。

相良一は、自信を失って見えた。

「どうした？　元気ないじゃないか」

と、南原が笑顔で話しかけると、

「負けたんです」

と、相良一は言った。「実力テストで、室田に負けたんです。僕、必死でやったのに。全力で、自分でもよくやった、ってほめてやれるくらい頑張《がんば》ったんです。それなのに……」

「――そうか」

南原は肯いた。「そうか。分るよ。悔しいだろ。でも、次のチャンスがある！　な？　元気出せ！」

「僕、あいつには勝てないんだ」

そう言うと、相良一は頭を抱えてうなだれた。

泣くでもなく、むくれるでもない。大人のように、相良一は敗北感に打ちのめされているのだった……。


長い夜だった。

――則子は、ぐったりと疲れてカウンセリングルームを出た。

「お疲れさま」

と、看護婦の大岡紘子が微笑みかける。「今夜は大変でしたね」

「本当にね。南原さんと相良君は大幅マイナス。丹羽しおりさんはプラスマイナスゼロ。一人、村井敏江さんだけがプラスってところね」

「先生もプラスでしょ？」

「私？　でも、すっかりくたびれちゃった」

と、肩を軽くもみほぐして、「まだプラスの分が残ってる？」

「ええ、十二分に」

「冷やかさないで」

と、則子は笑って言った。「じゃ、私はこれで」

「ご苦労さまです。後は見て帰りますから」

「よろしく」

則子は、クリニックを出て、エレベーターで一階へ下りた。エレベーターの空間の中で一人になるとホッとする。

人と接する仕事、しかも人と人の係り方を研究する仕事なのに、こんなことじゃ……。しかし、それとこれとは別だ。人は孤独な時間を必要としている。

ふと、思い出した。今夜帰ったら田口に電話する約束になっている。——電話するといっても、同じアパートの中で妙なものだが。

でも、電話から電話へ、わざわざ遠い線を巡り巡って声が届くのが、却ってすてきなようでもある……。

「——中林君」

と、ガードマンの窓口を覗いて、「まあ」

と、則子は笑ってしまった。

中林は、またウォークマンのヘッドホンをつけたまま、口を半ば開けて居眠りしていたのだ。

エヘン、と咳払いすると、ハッと頭を真直《まっす》ぐにして目を開け、

「ごめんなさい！——先生か」

と、頭を振る。「あれ？　みんなもう帰ったんですか？」

「そうよ。ほら、ちゃんとサインしてある」

窓口に置かれたノートを見ると、南原や村井敏江など、みんなちゃんと退出の時間を記入し、サインして行っている。

「参ったな！　眠っちゃってた」

「いいじゃないの。——ほら、あの猫ちゃんもサインしてるわ」

ホームズの足跡もしっかりついていた。「じゃ、おやすみなさい」

則子もサインをして、軽く手を振った。

「おやすみなさい、先生！　アーア……」

中林は欠伸をした。

外へ出ると、冷たい風が首筋を巻いて、

「寒い！」

と、則子は思わず声を上げ、マフラーを顎まで引っ張り上げた。

帰ったら——やはり田口のそばで暖まろうか。則子は、そんなことを考えて、ふと赤面した。

やはり……。

正さなければ。間違った人生は、訂正しなくてはならない。

決心がついた。——行動すべきときが来たのだ。

6 訂　正

「義太郎ちゃん!」

——義太郎?

片山は、昼間の銀座《ぎんざ》通りを歩きながら、自分と同じ名の子供がいるんだ、と思った。珍しいな、今どき。「よし太郎」なんて、古風な名を付ける親は少ないだろうけど。

スクランブル交差点の歩行者用信号は赤になっていて、片山は足を止めた。

冬にしては風のない、快い午後である。ゆうべ、ひどく風が強かったせいか、都心の空も汚れを吹き払われて青く澄んでいた。

「——義ちゃん!　義太郎ちゃん!」

その声は、どうやら交差点を対角線に渡った辺りから聞こえて来ているようだった。

ずいぶんよく通る声だな、と感心した。車がこれだけ走っているのを通してここまで聞こえるんだから。

しかし……。何だかどこかで聞いたことがある声のようにも思えた。

いや、まさか！　――もし、そうなら、こんな場所で大声で呼んだりするものか。いくら何でも小さな子供じゃないんだし。

だが……。

「義太郎ちゃん！」

声の主を見付けて、片山は愕然とした。

やっぱり！　――叔母の児島光枝《こじまみつえ》だったのである。

それにしたって――。何もあんな遠くから大声で呼ばなくたっていいじゃないか！

児島光枝も、片山が気付いたと分って、嬉しそうに手を振ったりしている。もちろん周囲の人々は、やや「危い人か」という目で、少し離れて眺めたりしていた。

片山は汗をかいていた。――みっともない！

早く信号が青になってくれないかと祈ったが、こういうときに限って信号は長く感じられるものである。

やっと信号が変って、四方八方《しほうはっぽう》からドッと人々が交差点へと溢れ出た。片山は人ごみに紛れて逃げちまおうかと――よっぽど思ったが、そうなると児島光枝が行き交う人々の中で、

「義太郎ちゃん！」

と、「禁《きん》じられた遊《あそ》び」の少女の如《ごと》く、けなげに（当人はそう思っている）捜し回るだろうと分っていたので、諦めることにした。

「――まあ、義太郎ちゃん！　会えて良かったわ！」

人波を必死で泳ぎ切り、児島光枝は片山の所まで辿《たど》り着《つ》くと、ギュッと腕をつかんで、

「こんな所で巡り合うなんて、運命としか言いようがないわ！」

何でも大げさな人である。片山は、少しの間、付合わないわけにいかないと覚悟していた。

「元気ですか？」

訊くまでもないことを訊いたのは、多少皮肉のつもりもあったのだが、それが通用する相手ではない。

「心配してくれるのね。何てやさしいんでしょ！　私はこの通り元気よ」

と、光枝はニコニコして、「ここで立ち話も何だわね」

そりゃそうだ。片山たちはスクランブル交差点の真中《まんなか》でしゃべっていたのである。信号は点滅を始め、渡る人たちも足どりを速めていた。

「叔母さん！　ともかくどっちかへ渡らないと」

「あ、そうね。どっちにする？」

どっちでもいいようなものだが、ともかく片山は光枝を連れて自分が向っていた方へ急いだ。

歩道へ上ったときには、もう車が動き出していた。

「――じゃ、どこかでお茶でも飲みましょうか」

と、片山が言うと、

「そうね。でも……」

「忙しいのなら、また今度でも」

「ううん、ちっとも忙しくなんかないのよ」

と、光枝は言った。「ただ――お茶飲むなら、あそこのケーキも食べたいの」

光枝が指さしたのは、さっき片山が立っていた場所だった。――渡って来てから言わなくたって！

「じゃ、そこへ行きましょ」

片山は、諦めて肯いたのだった。


特大のステーキが充分にのっかりそうな大皿に、普通のケーキの半分ほどの可愛いケーキが一つ。

これで千円！　――石津だったら発狂しているかもしれない、と片山は思った。

「小さくて甘くないからね、食べてもあんまり太らないのよ」

と、光枝はせっせとその小さなケーキを、さらに四つにも五つにも切って食べている。

そこまで大事にされたら、ケーキの方も本望《ほんもう》だろう。

「それで、叔母さん」

と、片山はとっくにケーキを食べ終って、「何かお話が?」

「あら。――別に話なんてないわ。だって、偶然見かけて嬉しかったから手を振っただけだもの」

「は……」

片山は絶句した。もちろん、捜してもあんな所で会えるわけはないが、特に用件がなければ大声で呼ぶことはないではないか。

「だけど、せっかく会ったんだものね!」

と、光枝はバッグを開けると、分厚い手帳を取り出した。「これだけ今、預かってるの。どれか気に入った子、いない?」

片山の前のテーブルをサッと紙ナプキンで拭《ふ》くと、写真を七、八枚も並べて見せる。

「どう? どの子も身許《みもと》は確かよ」

何だか昔の「身売り」の相談でもしているみたいだ。

「叔母さん、僕の方は別にそんなつもり、ちっともないんですから」

「あら、でもこういうものは巡り合いなのよ。今日、私と義太郎ちゃんが出会ったのがそもその運命なのかもしれない」

「叔母さんと見合いしてるんですね、それで」

「からかっちゃだめよ。私は若い子好みなの」

――どういう意味だ？　片山は首をかしげた。

「じゃ、目をつぶって一枚取る？」

「占いやってんじゃありませんよ」

片山は仕方なく一枚ずつ手に取ってみた。――いつもこんなに（実際はもっとある）持って歩いているというのは凄い。信用されているという証《あか》しでもあるのだろうが。

「――この子、ずいぶん若いですね」

と、片山はその一枚に目を留めて言った。

「気に入った？　目が高いわ！」

「いや、別に……」

「待っててね！」

と、光枝はその一枚の写真を手にすると、パッと席を立って行ってしまった。

――何だ？

片山は呆気に取られていた。まさか「本人」までズラッと用意してあるわけじゃあるまい。オーディションじゃないのだし。

それに片山は、その子がいやに若く見えるので手に取っただけなのだ。

仕方なくコーヒーを飲んでいると、じきに光枝が戻って来た。何を急いでいるのか、息を弾ませている。

「善は急げ、ってね。早速お膳立《ぜんだ》てして来たから」

「何の？」

「今の子と会うの」

「叔母さん！」

「私の顔を潰《つぶ》さないでね。義ちゃん。私はね、人との付合いを何より大事にする人間なの。あなたがお見合いをすっぽかしたりしたら、私の寿命を五年は縮めると思ってね」

脅迫である。――五年縮んで九十年くらいになるんですね、と言いかけたが、ぐっとこらえた。

「――分りました、でも、それいつの写真なんですか？　えらく若く見えるけど」

「若いの。十八歳よ」

「十……」

「裏に書いてあるでしょ。〈大岡聡子・十八歳。高校三年生〉って」

片山は頭を抱えた。

「義ちゃん。そう深刻に考えることないわ。気軽に会えばいいのよ。向うから断ってくるかもしれないいんだし」

光枝はともかく素直な性格ではあったのである。

大岡聡子《さとこ》……。大岡？

片山は、最近どこかで〈大岡〉という名を聞いたような気がした……。

ひと仕事終った。

児島光枝は、お見合いの約束を一つ取りつけると、「ひと仕事終った」という気がする。

——本当は終ってなどいないのだ、もちろん。

会ったからといって、それが婚約や結婚まで進むわけではない。しかし、そこはもう光枝の「受持区域外」なのだ。光枝の「使命」は男と女を引き合せること。特に片山義太郎に関しては光枝は他に倍する使命感を抱いている。

その義太郎に、「見合い」を承知させたのだから、光枝が意気揚々《いきようよう》と地下鉄への階段を下りて行ったのも無理からぬところだろう。本当なら「上って」行きたいところだった（？）。

——駅の改札口の辺りは何やら待ち合せの集合場所なのだろう、若い子たちが七、八人で固まっていて、通りにくかった。

「あ、おばさん、通るってさ」

と、一人が気付いて言うと、

「あ、ごめんなさい」

と、すぐどいてくれる。

若い子たちも、無作法なのではない。言われれば改める。ただ、「言われないと改めない」

のである。

あまり急ぐと、転んでしまう。光枝はこのところ自分の年齢《とし》を痛感していた。焦りは禁物《きんもつ》。だから、外出も、往復ともラッシュアワーを避けるようにしていた。今も、まだ夕方というには早く、電車は一番空く時間である。光枝はゆっくりと階段をホームへと下りて行った。

まあ、正直、義太郎が「お節介《せつかい》」と思っているのも光枝は承知だ。しかし、きっかけはどうでもいい。要は男と女、出会いの場を重ねることしかない。それが光枝の哲学である。

ホームの一方の側では、電車が出ようとしていたが、光枝の乗る電車ではなかった。ベルが鳴っていたが、ホームには急ぐ客もいない。

すると――突然、ダダッと階段を駆け下りて来る足音がして、誰かが光枝に突き当った。

光枝はあわてて手すりをつかんで、何とか転ばずにすんだが、危いところだった！

何てこと！　人のことを突き飛ばしといて、謝りもしないで！

頭に来た光枝はその男の後ろ姿をにらんでやった。――背広姿の少し太った男で、光枝のことなど目にしなかったとでもいう様子でホームへ駆け下りると、電車に乗ろうとしたが――。

ホームの上の〈××方面〉という表示板を見上げてハッと足を止めた。ピーッと笛が鳴り、ドアが閉《しま》る。

何のことはない。その方向の電車に乗るわけではなかったのだ。

男は、誰が見ているというわけでもないのに、クルッとホームを見渡して、

「違ってたか……。よく分らんのだな、この駅は……」

と、聞こえよがしに言っている。

光枝は、腹を立てるのを通り越して、おかしくなってしまった。——何だか、見たところいいスーツを着ているし、「一見エリート風」だが、その実、ドジ。

当人もよく分っているとみえて、必死で気取って平静を装っている。間違いなんて、僕にゃ珍しいことなんだよ、とでも言いたい様子で。

しかし、光枝がホームへ下りて行くと、さすがに気になるのか、チラッと見て、小さく頭を下げた。

気の小さな男。——光枝は、却ってその男が気に入って来た。

そして光枝が微笑んで見せると、男の方も少し戸惑いながら笑みを浮かべて、ホッとしたように、

「大丈夫ですか」

と訊いて来た。

「ええ」

「すみません。てっきり、電車が……」

「いいんですよ」

今度は、光枝の乗る電車が来る。ゴーッという音が地下鉄のトンネルの中に響いて、アナウンスがホームに流れた。

やがてライトが明るく見えて来て……。同時に、階段をガヤガヤと下りて来たのは、さっき待ち合せていた若者たちである。

「あ、電車、来た」

「いいタイミングじゃない」

男女十人ほどになったグループがワッと光枝やあの男の傍《そば》を抜けて行く。

そして電車がホームへ入って来た。

あの男は、光枝の方へ、

「失礼しました、本当に」

と言った。「一本電車を逃しただけで、凄く損をしたような気が――」

と言ったところで言葉は途切れて――。

男の体が前へのめった。

どうしたの？　――光枝は、男が声もなく前へ進んで、止らずにそのまま線路へ、電車の前へ、フッとかき消すように落ちるのを見た。

鋭いブレーキ音と共に、何か異様な音がホームに響いた。それが何の音だったのか、光枝は後になっても考えようとはしなかったのだ……。

7　つながり

「児島の叔母さんが？」

と、晴美は電話口の向うで飛び上っているようだった。「大変！　で、お通夜《つや》は？　お葬式は？」

「落ちつけ！」

と、片山は言った。「叔母さんはそばにいただけだ。死んじゃいない」

「ああ、びっくりした」

と、息をついて、「でも、叔母さんが死ぬわけないものね」

それも妙なものだが……。片山は、周囲の騒がしさについ声を大きくして、

「ただ、叔母さんもショックでしばらく休ませないと動けないみたいだから。お宅の方へ連絡しといてくれ。当人は何ともないんだ。ちゃんとそう言ってくれよ」

「分ってるわよ」

と、晴美は心外という口調で、「いつ私がいい加減なことを言ったのよ」

——片山は電話を切ると、駅の改札口へと戻って行った。

「ただ今、人身事故のため、電車はストップしております！」

と、駅員が声を振り絞っている。

片山はそのわきを抜けて改札口を通り、ホームへと下りて行った。あんまり気は進まなかったが……。

「あ、片山さん」

石津が汗を拭《ぬぐ》っている。

「どうだ？」

と、片山は停っている電車の方へチラッと目をやった。

「ひどいもんです。車輪で首を切断されて……。即死は間違いないところですけど」

「身許の分る物はあったか」

「ええ、ポケットの中の物が割合そのまま散らばっていまして——。ベンチの上に置いてあります」

片山は布を広げた上に並べられたカード入れや札入れを見て行った。

「——どうやらこれか」

名刺が何枚か札入れに入っていた。

「〈太川恭介〉ですか。K電機の部長。へえ、かなりのもんですね」

「すると、飛び込み自殺する理由でもあったんでしょうか？　エリートっていうのも、結構辛そうですもんね」

エリートとは縁のなさそうな石津が言うと何となくおかしい。

「〈太川〉……。K電機の部長か……」

「片山さん、知り合いですか。もしかしてこの間、TVが故障したとき、修理に来たのが？」

「TVの修理にいちいち部長が来るか」

片山は、ホームを見回して、「早いとこ動かさないと、夕方のラッシュになるぞ」

片山の方へ、どこかにハイキングにでも行きそうな格好の若者がやって来た。

「警察の人ですか」

「そうだけど」

と、片山が肯く。

「僕ら、これから出かけなきゃなんないんです。いつまでも足止めされて、困っちゃってるんですけどね」

「そう。――しかし、人が死んだんでね」

「分ってます。でも、僕らのせいじゃないですよ」

かな？」

と、不服そう。

「ま、こういう事件の場合、目撃者がいてくれないとね。君らの誰かが、飛び込みを見たの

「僕らが通り過ぎた後ですよ、あれが起ったの」

「じゃあ……。みんなに一応話を聞きたいんだけど」

「ねえ、どうしたの？」

と、女の子がやって来る。

「何か、話を聞きたいって」

「何の話？　合《ごう》ハイのこととか？」

「合ハイ？」

「合同ハイキング。刑事さん、やらないの？」

「ま、あんまりね。忙しいもんだから」

と、片山は言った。「ともかく、事故を見た人を捜しているんだ」

「なあんだ！　早くそう言ってくれりゃいいのに。私、見たもんね」

女子大生らしいが、どうも人が一人死んだという実感には乏しいようである。

「見た？　しかし、通り過ぎた後だったんだろ」

「うん。でもね、私、一番最後を歩いてたのよ。で、リュックが外れそうになって、直すと

き、チラッと振り向いたの」

「じゃ、見たのかい？　あの男性がホームから落ちるのを」

「うん。——あ、落ちた、って感じ。でも、どうせ止めても間に合わなかったわよ。罪にならないわよね」

と、心配そうに言った。

「それは大丈夫。——そのときの様子、もう少し詳しく話してくれないか」

と、片山は言った。「その男は、自分で飛び込んだのかい？」

女の子は目をパチクリさせて、

「まさか！　私、そんなこと言った？」

「いや、別にそういうわけじゃないけど……」

「そんなこと、痛いじゃない！」

と、顔をしかめて、「それに、自殺するタイプじゃないわ。私、占いにこってるの。手相とか顔の相とか、色々見るのよ。刑事さん見てあげようか？　タダよ」

「いや、結構。すると、男はどうして電車の前に落ちたんだい？」

「もちろん、突き落とされたのよ」

あんまりアッサリ言われたので、片山は啞然とした。

「つまり……誰かがあの男の背中を押した、と？」

「うん」

「それは……。誰が押したか見たの？」

「見えたわよ、いやでも。だって、当然見えるでしょ」

「それは——どんな男だった？」

「男じゃないわ。女よ。おばさんね」

「おばさん？」

「何かしゃべってたみたいよ、二人で。で、そのおばさんが男の人の背中をヒョイって押したの」

——片山は絶句していた。

この女の子が言っている「おばさん」というのは……。児島の叔母のことだ！


「叔母さんが人を殺した？」

晴美は、ちょっと呆気に取られ、それから笑い出した。「冗談やめてよ！」

「分ってる。俺だって信じられないさ」

片山は、アパートの部屋へ帰って来ると、畳の上にドサッと横になった。

「じゃ、叔母さんを留置場へ入れて来たの？」

「いや、帰したよ。あの叔母さんに『逃亡のおそれあり』とは課長も思わなかったんでね」

「だけど……。どういうこと？」

「いいから、早く飯《めし》にしてくれ」

と、片山は注文した。

「はいはい」

晴美は、台所へ立つと、「──その女の子の見間違いよ」

「うん……。だと思うけどね。しかし、あのときホームは空いてたんだ。叔母さんも、近くに立ってる客はいなかった、と言ってる」

「叔母さんがやったのなら、誰かそばにいたって言うでしょ」

「だろうな。──しかし、ともかく目撃証言がある。それを無視するわけにいかないよ」

片山は起き上って、ため息をついた。「──そうだ、〈太川恭介〉って、お前の話してた〈部長〉じゃないか？」

晴美は振り返って、

「そうよ。それがどうかしたの？」

「死んだのは、その男さ」

──夕食の仕度《したく》は、さらに三十分も遅れることになったのだった……。

靴の中でも、爪先《つまさき》は寒さにしびれていた。

――南原は自分がこんなに辛抱強い人間だということを、初めて知った。

そのアパートは、北風をまともに受ける場所に建っている。古くはないが、あまり丈夫そうな造りではない。都心から一時間電車に乗り、駅前からバスで二十分。

こんな所でも、ほとんどの窓に明りが灯《とも》っている。たった一つ、暗いままになっているのが岡枝靖子の部屋だった。

南原は、どうしても岡枝靖子と話したかった。今さら、仕事に戻りたいとは思っていない。しかし、なぜこうなったのかを、どうしても知りたかったのだ。

岡枝靖子の住所は、二、三年前の年賀状を引っかき回して分った。住所だけでここを捜し当てるのに、何時間も費やし、見付けたときはもう暗くなっていた。

彼女は留守だったが、南原にはいくらでも時間があった。

時間はあっても、寒さはどうしようもない。しかし南原は、岡枝靖子が帰って来るまで、朝になっても待っているつもりだった。

幸い、そこまで待つこともなかった。充分長いと感じてはいたが、男と出かけて帰宅するには、決して遅いというほどの時刻でもない。

車がアパートの前に停って、中に岡枝靖子の横顔がチラッと覗いた。運転しているのは男だが、顔はよく分らない。

岡枝靖子が車を降りて軽く頭を下げる。――どうやら恋人というわけでもなさそうだ、と南原は思った。車はやや素気ない感じで走り去ってしまった。

岡枝靖子が風に首をすぼめて、急いでアパートの中へ入って行く。南原は、その後へ、引きつけられるように駆けて行った。

――靖子。

南原は、十年余りも一緒に仕事をして来て、岡枝靖子のことならよく知っているつもりだった。――靖子。そう名前で呼ぶ部下は彼女だけだった。

太川が部長のポストについてしまったときも、彼女は本気になって怒ってくれた。本気になって？　それとも、あれもお芝居だったのか。今の南原にはもう分らなくなっていた。

南原はアパートの中へ入った。階段を上って行く足音。靖子だ。

自分は足音を殺して、階段を上る。明るいし、いくら用心しても足音は消せないから、靖子が当然気付いて振り向くだろうと思ったのだが、彼女は何を考え込んでいるのか、全く気付く様子はなかった。

玄関のドアの前で足を止め、バッグから鍵《かぎ》を出して――。南原は、靖子まで、ほんの二、三歩の所にいた。

どうしようというのか。靖子が振り向いたら、何と言ってやるのか。

ここまでやって来ていながら、何も考えていなかったことに、初めて気付く。しかし、もう靖子はドアのノブへ手を伸し、開けようとしている。中へ入られてしまったら、おしまいだ！

切羽詰《せっぱつ》まって、南原は動いていた。ドアを開け、半ば体が入ったところで、靖子は気配《けはい》に気付いたのかハッと振り向いた。

南原は無言で靖子を中へ押し込んだ。後ろ手にドアを閉める。靖子は上り口によろけるように座り込んで、南原を見上げた。

鍵をかけておいて、南原はただじっと靖子を見下ろしていた。

二人とも無言だった。南原の言いたいことは、靖子にも聞かずとも分っていただろう。南原も言わなかった。

靖子の腕をつかむと、部屋へ上って、彼女を引張り上げた。靴が玄関と上り口に転って、畳の上にコート姿のまま靖子は倒れた。

南原は突っ立って、足下に伏せたまま動かずにいる靖子を見下ろしていた。

「——何とか言え！」

長い間の後、南原はそう言った。「叫ぶとか、人を呼ぶとか、何かしたらどうだ！」

靖子は、少し体を起すと南原を見上げた。髪が乱れて顔にかかり、そこには見たことのない靖子の顔があった。

南原は、自分が何もかも失ったのだということ、この女が、妻も娘も南原から取り上げたのだということ——。そう考えると、もう自分を止めることができなかった。

俺に暴行されたって？　じゃ、それを嘘でないようにしてやろう！

南原は自分のコートを引き裂きそうな勢いで脱ぐと、靖子の顔の上に投げ出した。そして彼女の上に身を投げ出すと、荒々しく両足を割った……。

そして——。そして？

冷たい空気の感触。熱い吐息《といき》。

正反対の感覚が入り混じった、奇妙な記憶。——南原は、自分が本当に目覚めているのかといぶかった。

こんなことは初めてだ。こんなこと……。

自分は何をしたのか？

明るい電球の光がまぶしかった。

「——寒いでしょう」

と、靖子が言って、ブラウスの胸を合せた。「ストーブを点けます」

冷たい畳に座り込み、左手をついたままの格好で、南原は動かなかった。靖子がストーブに火を点けると、やがてかすかなぬくもりが頰に感じられた。

靖子は、無意識らしい仕草《しぐさ》で髪の乱れを直して、畳の上に正座した。それから、ふっと気付いたように立って行って、座布団を二枚押入れから出して来ると、

「どうぞ」

と、南原にすすめ、自分もその上に座った。

膝が畳ですりむけて少し血が出ている。南原はドキッとした。自分が何をしたのか、初めて気付いた、という気分だった。

「――一一〇番しないのか」

と、南原は言った。「本当に暴行犯人になったんだからな」

靖子は目を伏せて、

「当然です。――殺されても、当然」

と言った。

「靖子。――どうしてだ。どうしてあんなことを言った。教えてくれ。もう……怒りゃしない。自分だって、こんな――恥ずかしいことをしたんだから」

靖子は、ちょっと息をついた。

「父が借金をこしらえて……。どうにもならなくなったんです。会社へも、借金取りの電話がかかって、私、どうしていいか分らず……。それを、たまたま太川部長が聞いていて、『会社で借りられるようにしてあげよう』って」

「会社で？　自分で出すと言ったんじゃないのか。せこい奴だ」

と、南原は苦笑した。

すると、靖子も笑い出したのである。

「――私も思いました、そのときに。でも、ともかく他にあてもなくて。それで、太川部長に食事に誘われたり、飲みに連れて行かれたりして……」

「太川と、か。もったいない！」

「南原さんにあんなことをするなんて、ひどいと思いました。話を聞かされたときは、とんでもないと断ったんです。でも、お金のことを持ち出されると……。恐ろしいんです。あの連中の催促の仕方。殺されるかと思うくらい！　父や母の方へも、もちろん行って、私に泣きついて来ますし。――結局、承知してしまいました。言いわけはできませんわ。何と責められても……」

「いや、いいんだ」

南原は首を振った。「それを聞いて安心した。――理由さえ分れば、充分なんだ。太川の目的は、不動産での損の責任を僕にかぶせることにあったんだからね。もし君が断っても、他の誰かに同じことを言わせたさ。ただ……」

「ええ。奥様に嘘をついたことは、本当に申しわけなくて」

「君にそんな演技ができたのか」

「演技……。いえ、そうじゃないんです」

「しかし――」

「確かに泣きました。一つは申しわけなくて、もう一つは……。南原さんに本当に抱かれていたら、と思っていたからです。嘘の中で自分の願いを果すなんて、惨《みじ》めで。そうでしょ？でも――今夜、それが叶《かな》いました」

思いもかけない言葉だった。

「靖子……。君、本気でそう言ってるのか」

「ええ。――少し痛かったけど」

と、靖子は微笑んだ。

南原の胸が痛んだ。

「――すまん」

と、頭を下げる。「僕は、太川のことを責められない。君の気持に対して、ひどいことをしてしまった」

「もう、言わないで。――私、奥様の所へ行って、本当のことを言います」

と、靖子は言った。「そう決心していたんです」

「しかし、そんなことをしたら、太川が黙ってないだろう」

靖子はふしぎそうに南原を見て、

「ご存知ないんですの？」

「何を？」

「太川部長が亡くなったのを」

南原は耳を疑った。——そして初めて気付いたのだ。

靖子が黒いスーツ姿だったということに。

8 記事

「休憩だ」

と、黒島のよく通る声がホールに響き渡った。

ホッとした劇団員たちがザワザワと舞台を下りる。

「——恵利。ゆうべ発声練習したか？」

と、黒島が声をかけると、野上恵利は足を止めて、

「しました。——十五分くらいですけど」

「三十分やれと言ったろう」

「すみません」

晴美はびっくりしていた。少なくとも素人《しろうと》の耳には全く分らないのだが。

「ホームズは出番がなくて退屈そう」

と、丹羽しおりが笑って言った。

何といっても珍しい「出演者」だけに、劇団員たちの人気者で、ホームズも悪い気はしな

いらしい。

「ニャー」

と、晴美の先に立って悠然《ゆうぜん》と歩いて行く。

「――お腹《なか》空いた！」

と、恵利は大きく伸びをした。

楽屋を何室かぶち抜いて、臨時の食堂が作られている。

むろん、汗だくのまま食事というわけにいかないので、軽く何かつまむだけ。

めいめい、台本を読む者もあり、週刊誌をめくっている者もあり。もちろん、ここでも互いにライバル意識は捨てていないだろうが、表立ってそれがむき出しになることはない。

「恵利ちゃん、動きが大きくなって来たよ。あの調子」

と、丹羽しおりが言った。

「ありがとう」

恵利は冷たいウーロン茶を飲んでいた。

晴美は、恵利が襲われかけた事件をもちろん兄にも話した。しかし、片山の方は例の事件で手一杯。それに、被害者の恵利自身、届け出るつもりがないのだから。

「――珍しい、あんたが新聞なんて」

「たまには読まないと、世の中に取り残されちゃうよ」

である。

一人が、部屋の隅に置いてあった新聞のとじ込みを持って来て、テーブルで見始めたので
と、若い子たちがやっている。

「そうよね。この間なんてさ、私、アメリカの大統領って訊かれて、『レーガン』なんて言っちゃって恥かいたもん」

「それって、ちょっとひど過ぎない?」

と、笑いが起る。

「――おい、恵利」

マネージャーの有田が顔を出す。「ちょっとポスターの撮影の件で話があるんだ。一息ついたら来てくれ」

「はい。いいですよ」

恵利が立って行く。

――丹羽しおりは、一人で紙コップのミルクティーを飲みながら端の丸まった台本をパラパラめくっている。

晴美は、周囲の団員たちが、しおりの様子をうかがっていること、しおり自身もそれをよく知っていることを、見てとっていた。

しかし、しおりは今日、ずいぶん落ちついて見えた。野上恵利に対しても淡々と接してい

て、少しも妬《ねた》みを隠している気配もない。

黒島との間で何か話をしたのだろうか？

少なくとも、あの喫茶店に、恵利と黒島の仲を疑ってやって来たときの激しい感情は抑えられているようだった。

みんなその内、しおりのことは忘れて各々《おのおの》がおしゃべりなどに夢中になる。女の子が多いということもあるが、みんなやはり若いのだ。

そう……。若い、といえば、あの児島の叔母が太川を突き落としたと言っている女の子も、若かったらしい。

片山に訊かれるまで何も言わなかったというのは、おかしい。いくら呑気といっても、叔母が殺人犯だというのなら、もっと早く話しているだろう。

いや、それとも、「厄介なことには係り合いたくない」というのが、今の若い子たちの平均的な考え方なのだろうか。——晴美自身だって若いのだが、兄と一緒に色々事件に出食わしてみると、人間、いつまでも若くはない、という当り前のことに気付くのである……。

——新聞を読んでいた女の子も、いつの間にかおしゃべりの輪の中に入り、丹羽しおりはふと手を伸して新聞を自分の方へ引き寄せた。

そして、そっとページをめくっては、ザッと紙面を眺めている。

晴美は、ホームズがいつの間にかテーブルに上っているのに気付いた。何をしているんだろう?

ホームズは静かに（といっても、もともと足音はたてないが）しおりのそばへ寄ると、テーブルに肘《ひじ》をついて新聞を眺めている彼女の肩越しに、紙面を見やった。

何を見ているのだろう?

しおりの目が、ページのどこかに留った。――信じられないという表情で新聞を取り上げ、顔を近付けて読んでいる。

そうか。――きっと、太川恭介の死が報じられているのだ。

しおりは、ふっと我に返った様子で、新聞のつづりを閉じた。

そして、そばにホームズがいることにも気付かず、少しあわてた様子で立ち上ると、食堂から出て行った。

晴美はホームズとチラッと目を見交わして、すぐ立ち上ると、しおりの後を追って行った。


「――江田《えだ》ミカ?　誰だ、それ?」

と、片山は言った。

「何だかよく知りませんけどね、女の子ですよ」

と、隣席の若い刑事は言った。「片山さんにぜひお会いしたいって訪ねて来たんです。外出してると言ったら、それなら待ってる、って」

だ。

やっと戻って来たのに、また下の喫茶室まで行って、相手がもう帰った後だったら、むだ

「下の〈K〉ですって。でも、もう一時間もたつから、いるかなあ」

暖房が効いていて暑いくらいだ。外を歩いて戻って来ると、しばらくは汗ばむようだった。

片山は息をついて自分の椅子にかけた。――外が寒いとはいっても、警視庁の建物の中は

「――どこで？」

片山は机の電話で交換を呼び、〈K〉につないでもらった。

「――捜査一課の片山ですが、そこに〈江田ミカ〉って女の子はいる？」

少しして、

「分りました。つい、五分くらい前に帰ったんですけど、片山さんあてに伝言が」

「何と言ってます？」

「電話して、ってことです。夜中の一時過ぎなら部屋にいる、と」

番号を読んでもらい、片山はそれをメモした。

「――ありがとう。どんな子でした？」

「学校帰りの制服を着た女の子ですよ。高校生じゃないですか」

高校生？　片山は心当りがなかった。

首をかしげつつ、メモをポケットへ入れて、頭の痛い問題――児島光枝の件の書類を手に

取った。

片山は、太川のことでK電機に行ったのだが、向うの誰に会えばいいのか、向うが一向に返事をしてくれず、困っているばかり。挙句が、

「今、お答えできる者がみんな留守で」

という返事だった。

出直すことにして一旦戻って来たというわけだが……。太川と児島光枝の間に何かつながりがあったとは、どうにも考えにくい。もちろん、光枝も「全く知らない」と言っているのである。

ということは、あの女の子が見間違えたということだろう。人間の記憶というものがいかにあてにならないか、片山はよく知っている。

片山は、あの女の子の証言をワープロで打った書類をめくって、もう一度読み返そうと思った。――あの女の子。あの女の子って……何て名前だ?

片山は、叔母の方が気になって、女の子から詳しい話を聞くのは石津に任せていたのである。

最後の一枚を見て、そこに「女の子」の署名があった。〈江田ミカ〉。――江田ミカ?

「ちょっと出て来る!」

片山はあわてて席を立った。――下の喫茶店を五分前に出た、と言っていた。もしかする

と、まだその辺にいるかもしれない。

途中、栗原《くりはら》課長と危うく衝突しそうになり、

「おっと！」

「片山！　何だ、そんなに急いで」

「すみません！　女の子を追いかけるんです！」

と、ドアへと駆けて行く片山を見て、栗原はちょっと呆気に取られていたが……。

「片山も、女の子の尻《しり》を追い回すようになったか！」

と、なぜか感慨深げに呟《つぶや》いた。

が、片山の方はといえば――。

捜査一課のドアを開けようと手を伸したとたん――パッと向う側からドアが開いた。

廊下の方へ開くドアだったので、片山は伸した手が空《くう》をつかんで、体は前に泳いだ。

「あ……」

と、言う間もあったかどうか。

相手の女の子は片山より大分背は低かったが、片山の方が前のめりになっていたので、ちょうど顔と顔が出くわすことになった。

たとえ千分の一でも万分の一でも、確率としてゼロでないことは確かだ。偶然に唇と唇がぶつかり、ノブをつかみそこねた手が女の子の胸をつかむという確率……。

二人は、片山が上にのしかかる格好で廊下へ折り重なって倒れたのである。

——バシッ。

女の子の平手が片山の頰に当って、実にいい音をたてた、と居合せた刑事たちは後で一致して話したのだった。

「——もしもし。あ、丹羽しおりです。——ええ、今、新聞で見てびっくりして。——そうですね。——もちろん、誰にも言いません。大丈夫です。——そうですね。でも、あの……そっちは大丈夫なんですか？——分ってますけど、万が一っていうことも。——そうですか。用心して下さいね。だって、向うは殺人犯でしょ。——ええ。じゃあ、私、また稽古が始まるので。——また金曜日に」

しおりが電話を切る。

テレホンカードが戻るピーッという音に紛れて、晴美はその場を離れると、急いで舞台の方へ行った。姿を隠すにはその方が近かったのである。

ホームズも、もちろんついて来ていた。

「——今の電話、何だと思う？」

と、晴美は言った。「新聞で、太川が殺されたという記事を見たとして、今の相手はカウンセリングのグループの誰か。ね？『また金曜日に』って言ってたものね。太川のことで、

『用心して』と言うのは、やっぱり南原かしら」

しかし、南原は太川を殺してやりたい立場だろう。それでいて「用心して」と言うのは、どういうことなのだろう。

「あんた、どう思う、ホームズ？」

晴美の問いに、ホームズはただ無言で目を閉じた。


「——まるで赤いサインペンで手の形を描いたみたいだ」

と、片山は濡《ぬ》れタオルを頬に当てて言った。

「ごめんなさい……」

と、江田ミカは上目づかいに片山を見て、「私……逮捕される？」

片山は苦笑いして、

「まさか。——いてて」

小さな応接室に、二人は座っていた。

「突然だったから……」

と、江田ミカは言いわけした。

「しかし、びっくりしたな」

と、片山は言った。「君、高校生？」

「一年生。十六よ」

と、制服の少女は言った。「でも、絶対に大学生って見られるの」

「そうだろうね」

胸も大きく、肉付きがよく、確かに制服でなければ大学生に見えるだろう。

特に――「胸の大きさ」に関しては、片山の右手が憶えていた（？）。

片山は咳払いして、

「それで……何の話で来たの？」

「あのときは……私、大学生ってことにして、あのグループに参加してたの。もちろん、グループのことはどうでもいいんだけど、もし大学生や社会人の男の人と合コンしてたなんて学校にばれたら……」

「なるほどね。警察から学校へ連絡が行くと思ったのかい？」

「行くの？」

「必要がなきゃ行かないさ」

と、片山は首を振って、「君が本当のことを話してくれている限りは、秘密を守るよ」

江田ミカは、ちょっと片山を見つめて、

「ごめんなさい」

と、頭を下げた。

「君、嘘をついてたね」

「はい」

「どうして？」

「ともかく早く行きたかったの。話を早くすまして出発したかった」

と、江田ミカは素直に言った。

「しかしね、あの『おばさん』は、下手すりゃ留置場へ入るところだよ」

「そう気が付いて、言いに来たの」

と、両手をお祈りするように合せ、「ごめんなさい！　許して！」

「いつもそんな調子？」

「授業は真面目に出てるわ」

と、ミカは言った。「――勘弁《かんべん》してくれる？」

「仕方ないね」

と、片山はため息をついた。「偽証と、この平手打ちで有罪にできるところだけどな」

「でも、そっちもキスしたわ。胸つかんだし」

「わざとやったわけじゃない！」

と、片山はむきになって言った。

「じゃ、今度はわざとやってみる？」

片山は目をむいた。

「――まあいい。ともかく、君の見たことをちゃんと話してくれ」

「私……でも、見たのよ。ちゃんと、とは言えないけど。振り向いてたわけじゃなくて、後ろにもう誰もいないのかな、って思って見たの。そのとき、あの男の人が落ちて……」

「待ってくれ。すると君は、男が突き飛ばされるところは見てないんだね？」

「その瞬間はね」

と、ミカは肯いた。「でも、パッとその場を離れたのよ。おかしいでしょ。電車は急ブレーキかけて、凄い音がして、誰だって振り向くでしょ。でも、その人、全然振り向かないで階段を上ってったの」

「誰が？」

「顔は見えなかった。横顔が一瞬……。でも、どんな顔か思い出せない」

「つまり、誰か、あの『おばさん』以外の人が、あの場から立ち去ったわけだ。どんな男？」

「男じゃないわ、女よ。たぶんまだ若い女だわ」

と、江田ミカは言った。

南原は、自宅の玄関の少し先に大型の外車が停っているのに気付いたが、特に気にとめはしなかった。

ともかく足が棒のようになって、一刻も早くベッドに引っくり返りたかったのである。

――職捜しがこれほど大変なものだとは思っていなかった。自分が就職したころのことを考えると、今はまるで浦島太郎《うらしまたろう》になった気分だ。

退職金もなく、そうそう貯《たくわ》えが豊富にあるわけでもない。もう、仕事を選んでなどいられないかもしれない、と南原は鍵を取り出しながら思った。

すると、

「南原君」

と、呼ばれて振り返る。

あの外車がいつの間にやら目の前に来ていて、窓から顔を出しているのは社長の武村だった。

「社長！　どうしたんです？」

もう、「社長」なんて呼ばなくていいのだと思い出す前に、習慣というものか、ついそう言葉が出ていた。

「待ってたんだ、君を。乗ってくれ」

「しかし……」

「頼む、南原君。――お願いだ。乗ってくれ！」

南原はびっくりした。武村は一旦口に出したことは変えない、ワンマンの典型みたいな男である。太川を部長にしたのも、不動産投資に失敗したのも、武村社長が言い出せば誰も反対できないという社風があるからだ。

その武村が「お願いだ」と頭さえ下げている。信じられない光景だった。

ともかく、仕方なく南原はその外車の後部座席に、社長と並んで腰をおろしたのである。

「適当にやれ」

と、武村は運転手へ命じて、「元気か」

と言った。

「まあまあです。太川さんは、とんでもないことでしたね」

南原は、岡枝靖子との出来事を経て、もう太川への憎しみが薄れているのを感じていた。それは単に太川が死んだからというのでなく、靖子の話を聞く内に、太川が哀れに思えて来たからである。

「南原君。すまん！」

武村が突然頭を下げた。「この通りだ。許してくれ！」

南原は呆気に取られて言葉を失っていた。

「君が俺を恨んでいることは分ってる。しかし、俺も太川に騙されていたんだ。自分の不明を恥じるばかりだ」

南原は目をパチクリさせていた。武村は続けて、

「君に頼みがあって来た。――会社へ戻ってほしい。もちろん太川の後、部長のポストへ就《つ》いてもらう。もともと君が継ぐべきポストだったんだ」

武村は、南原の肩をギュッと痛いほどつかんで、「君に対しては、特別な昇給と一時金の支給を考えている。いや、罪滅《つみほろ》ぼしとして当然だ。ぜひ受けてくれたまえ！」

南原は、やっとこれが現実だと理解し始めた……。

――武村の車から降りたのは、十五分ほどたってからだった。また家の前まで送ってもらったのである。

家へ入り、居間に座ってしばらく呆然としている。

まだ返事はしていなかったが、たぶん武村社長の申し出を受けることになるだろうと思った。新しい仕事を見付けたところで、給料は大きく下《さが》るだろう。それに、武村の方が間違っていて、それを正そうというのだから、遠慮することはない。

そう。もともと自分が手に入れるはずのものだったのだから。

しかし――心の底では分っていた。

武村は後悔などしていないのだ。ただ、太川が殺されたことで、警察が会社の内情を調べるだろうと予期して、何とか南原を味方に引き込んでおきたいのだ。

太川か……。可哀そうに。

武村は、すべての責任を「死人に口なし」で、太川へ押し付けるつもりなのだ。そして、南原を抱き込んでおけば自分は安全……。

社長の提案を蹴とばしてやることもできた。そうしてやれたら、どんなにいい気分だったか。

しかし、そうしてみたところで何が変るだろう？　武村が心を入れ替えるなんてことは起るわけがない。南原の次の仕事が見付かるわけでもない。

それに、やっと捜し当てた新しい職場でも、武村のような社長がいて、太川のような部長がいるだろう。

それを考えると、武村の言葉に従っておくのが、結局得だということになる。

——電話が鳴って、出ると、

「もしもし。——どなた？」

向うはしばらく黙っている。「もしもし？」

「——あなた」

南原は、電気に打たれたように、

「洋子か！」

と、言っていた。

「あなた……。どうしてる？」

妻は少し言いにくそうに言った。

「ああ、何とか……。外食で、食べることはすませてる。掃除とかは、どうも。さぼっちまうがな」

と、南原は言った。「京子は？」

「元気よ。――あなた、掃除しに行ってもいい？」

多少、おずおずとした口調に、南原はすべてを聞き取った。岡枝靖子が訪ねて行って、暴行事件の話は嘘だと説明したのだ。

洋子は、自分が夫を信じなかったことを、恥じている。――一方、南原は靖子に対して恥ずかしいと思った。

「洋子。来てくれたら嬉しいよ。いや、帰って来てくれたら」

「今から行く――いえ、帰るわ！」

洋子の声が弾んだ。「晩のおかず、買って帰るわね」

「ああ、待ってる」

南原は、そう言ってから、「そうだ、実は元の会社に――」

と言いかけたが、もう電話はせっかちに切られていた。

南原は、落ちつかなくて家の中をフラフラと歩き回った。すべて失ったと思っていたものが、何倍にもなって戻って来た喜び。

足どりは、少年のころのように軽《かろ》やかで……。

玄関へ出た南原は、ふとドアの隙間《すきま》に顔を覗かせている白い封筒に目を留めた。

何だ？　ダイレクトメールか？

宛名《あてな》のない、白い封筒。差出人の名も入っていない。

ともかく一応開封しようと、居間へ持って入って封を切ると、中から紙片が一枚落ちた。

何だ？　――線で囲んだ表のようなもの、〈正誤表〉とあった。ワープロで打ったものらしい。

正誤表だって？　何の正誤表だ？

南原は、その表の内容を見て、一瞬ドキッとした。〈誤〉の欄に、〈太川部長〉とあって、〈正〉の欄に〈南原悟士部長〉と打たれていたのだ。

何だ、これは？

誰かが直接玄関へ入れて行ったのだろう。

南原は、急いで玄関へ出ると、外を覗いてみたが、それらしい人影は見当らなかった。

〈正誤表〉か。――確かに、この通りになったが、しかし一体誰が？

南原は肩をすくめて、それを引出しの中へ放り込んだ。

捨てる気にもなれなかったが、といって、大して気にもとめなかったのである……。

9　追加訂正

「失礼します」

と、丹羽しおりはドアを開けて、戸惑った。「有田さん?」

マネージャーの有田に呼ばれてやって来たのである。しかし、劇団の稽古場の奥の事務室には誰もいなかった。

捜すほどのこともない、一目で見渡せる小さな部屋なのである。

有田の他には年中入れ替っているアルバイトの女の子が一人いるだけ。よくやめるのは、有田がちょっかいを出すからだとも言われている。本当のところはどうなのか。

――有田は、黒島の大学時代の後輩だそうで、もともと演劇部のマネージャーだったというから、よほどこういう仕事が向いているのだろう。

「忘れちゃったのかな……」

有田の机の上を見ると、メモが一枚置いてあって、〈丹羽君へ。遅れるかもしれない。少し待っててくれ〉と走り書きがあった。

そうか……。早くしてほしいわ。お腹空いてるんだから。

しおりは、折りたたみの椅子を広げて腰をおろした。——稽古がすんで、みんな帰って行く。稽古場に、話し声や「さよなら」の声が響いて、それがやがて汐《しお》がひくように静かになって行った。

今日は黒島も取材だかで早めに引き揚げ、稽古場は少しのんびりしたムードだった。本番まで近いとはいえ、たまにはこういう日もあっていい、と黒島も言っている。

「もともと役者も演出家も優等生なんかじゃないんだ。たまにゃさぼらないと息が詰るよ」

というのが黒島の言い分。

しかし、だからといって手を抜けばすぐに役をおろされてしまう。女にだらしないのは事実だが、こと芝居に関しては厳しい。

しおりも、主役でなくなったことのショックから徐々に立ち直りつつあった。落ち込んでいたら、今の役でさえ失ってしまうかもしれないのだ。

いやでも今の役に打ち込まないわけにはいかなかった。

しかし、公演が近付くにつれ、雑誌のインタビューなどが入り——黒島はそういう点、幅の広い人脈を持っていて、強い——その都度《つど》、野上恵利が取り上げられているのを見ると、正直妬ましい気持にもなるのだったが……。

「いつまで待てばいいんだろ」

と呟く。

舞台で独白をやりつけているせいか、つい声に出して思っていることを言ってしまうくせがつく。

ふらりと立ち上って、雑然とした机の上を眺めていると——。

大きな写真が、白い薄紙をかぶせて広げてある。これはきっと……。

薄紙を手で押えてみると下の絵柄が透けて見え、黒島と親しい画家のイラストに、丸く切り抜いた黒島の写真がのせてあるのが分る。

今度の公演のポスターだ。むろん、これからレイアウトや文字を見て、それから製作に回すことになる。大判のポスター以外に、方々の劇場やチケットサービスに置かれるチラシ、プログラムの表紙なども、たいていこのバリエーションで作られるから、充分手間とお金をかける。かけられるのは黒島の経営手腕によるのである。

薄紙は上の方だけが裏側へ折り込んで留めてあるので、しおりはその薄紙をそっと持ち上げて下のイラストと写真を見てみた。

卵形にカットされた主演級の役者たちの顔写真が並んでいるが……。

一つ、一番トップの写真だけがなく、卵形に白く抜けていた。そこは当然野上恵利の顔写真が入るべき場所である。

その下に男優や他劇団からの客演の顔があって、さらに下に、しおりの写真も入っている。

ポスターの写真を落とすところまでは黒島もやれなかったとみえる。

いや、黒島も、お芝居を離れたら、よく相手に気をつかう、まめな男なのだ。ただ、一人の相手に対して長く続かないというのが欠点だけれども……。

ポスターの下の方にスタッフ、出演者の名前がズラリと並んでいる。そして視線を移したとき、しおりは目を疑った。

訂正が——赤いサインペンで、出演者の名前が訂正してある。トップに入っている野上恵利の名を赤いサインペンで真直ぐに一本棒で消し、そこから余白に線を引いて、やはり赤い文字で、〈丹羽しおり〉と書き込んであったのだ。

これはどういう意味だろう？

一瞬、恵利が何かの事情で出られなくなったのか、と思ったが、今日の稽古にもちゃんと出ていたのだし、大体そんなことになればもっと大騒ぎしているはずだ。

では、この訂正は何なのだろう？

呆気に取られて見ているところへ、ドアが開いた。しおりはハッとして急いで薄紙を元の通りにかぶせ、振り返った。

「待たせてすまないね」

有田は、いつもながらの愛想の良さで言ったが、本心は何を考えているのかよく分からない男である。

「いいえ。──何か用ですか」

と、しおりは言った。

「うん……。ま、ちょっとしたことでね」

有田はしおりのわきを通って自分の机へ行くと、椅子に腰をおろして、息をついた。

そして──口を開くかと思えば、机の上にたまっていた郵便物を一つずつ取り上げ、封を切って中を眺め始めたのである。

しおりは、有田がその内何か言い出すだろうと待っていたが、十分近くたっても、その気配がない。

「有田さん」

と、たまりかねて、「私、くたびれてて、早く帰りたいんです。ご用でしたら、早く言って下さい」

すると有田は目を上げて、ちょっと笑い、

「強気だね」

「どういう意味ですか」

「僕は君のために、この稽古場に人っ子一人いなくなるまで待ってるんだ。──もういないだろうが、それでも念には念をね」

「何のために？」

「君の方に、言いたいことがあるだろ？」

しおりは苛々《いらいら》した。回りくどいことは嫌いだ。

「何のことか、はっきり言って」

と、切《き》り口上《こうじよう》に、「むだな時間はないんですから」

「言うまでもないと思うが」

有田は目を机の上のポスターへやって、「たった今、君は見ていたじゃないか」

しおりは、ポスターの方をチラッと見て、

「そのポスターのこと？　赤字の訂正は何のことですか」

有田はそれを聞いて、声を上げて笑うと、

「いい度胸だ！　現場を押えられて、知らん顔かね」

しおりは表情をこわばらせて、

「——私がやった、って言うんですか？」

と言った。

「野上恵利の写真をはがし、名前を直す。——君でなきゃ誰がやる？」

心底、腹が立った。

「馬鹿にしないで！」

と立ち上ると、「私がどうしてそんなことするのよ！　ここへ来たときには、ああなってたのよ」

「分ってる。昼休みの後、あれがここへ届けられた。そして僕が外出から戻ってみると、ああなっていた」

「だったらどうして――」

「君は今やったわけじゃない。しかし、ここへ呼ばれて不安になった。昼間、カッとなってついやってしまったが、どうなっているだろう、ともう一度見た」

しおりは首を振って、

「私じゃないわ。言いがかりはやめて下さい！」

「じゃ、誰があんなことをする？」

有田は立ち上ると、しおりの方へやって来た。「――なあ、しおり。僕のことを誤解しないでくれ。君の気持はよく分ってる。黒島を奪《と》られただけでなく、主役まで。――頭に来て当然だ。僕だって、面白くはない。本当だよ」

いやにやさしげな口ぶりは、却って気味が悪い。

「有田さん。今はそんなこと関係ないでしょ？　誰がそんないたずらをしたかです。疑うのなら調べて。私はやっていません！」

「むきになるなよ。――まあ、君としては否定して当然。しかし、君以外にこんなことをする人間がいないのも事実だ」

有田はゆっくりと歩き回って、ポスターの方を顎でしゃくると、

「そのことを黒島へ言ったらどうなる?」

と言った。

しおりがふとポスターへ目をやる。突然、有田がしおりを背後から抱きしめた。

「何するの!」

しおりは身悶えした。「やめて! 大声出すわよ!」

「誰もいないさ。——な、僕の言う通りにすりゃ、誰にも言わないでいてやる! 大人になれよ!」

しおりは何とか有田の腕を振り切ろうとしたが、男の力は容易にははね返せない。体ごと振り離そうとして、しおりは足がもつれ、床に倒れ込んでしまった。

有田はしっかり腕の中にしおりを抱いたまま、背後からしおりにのしかかる格好になった。

「やめて! ——やめて!」

しおりは、床にうつぶせに押え込まれて自由がきかない。足の間に有田の膝が割り込んで来て、恐怖を覚えた。必死で手を伸し、机の脚《あし》をつかむと、体を起こそうとする。

「諦めろよ! ——俺の言うなりにしときゃ悪いようにしないぞ。——お前はもともと黒島なんかにゃ惜しい女なんだ……」

胸を圧迫されて息が苦しい。——しおりはそれでも、「死んだって、こんな奴の好きにさ

れるもんか！」と心に決めていた。

が、右手をつかまれ、背後にねじ上げられて、その痛みに悲鳴を上げた。

抵抗の力が弱まった隙に、有田はしおりをしっかりねじ伏せてしまった。

「――おとなしくしろ！」

有田は、息を荒く弾ませながら、しおりの髪をつかんで引張った。

「やめて……」

声がかすれた。――体の力が抜ける。

「分ったか！　俺に逆らってもむだなんだ！　俺が黒島に何と言うかで、お前はここから叩き出されるんだぞ！」

有田が笑って、「――そうだ。そうやっておとなしくしてりゃいい。後悔させないからな」

だが、有田の方が後悔することになっていたのである。

ニャー……。

突然、猫の鳴き声が響いて、有田がギクリと顔を上げた。

近い声だった。――ホームズ？　ホームズだ！

しおりは、

「助けて！」

と、叫び声を上げた。

ドアが開くと、茶と黒の体が矢のように真直ぐ有田めがけて飛んだ。

「痛い！　よせ！　――やめろ！」

有田が床の上を転ってホームズの爪《つめ》の攻撃から逃れようとする。しかし、ホームズは的確《てきかく》に隙《すき》のある箇所を狙って素早く攻撃をかけている。

「――もういいわ、ホームズ」

と、晴美が言った。「しおりさん、大丈夫？」

「ええ……」

しおりは何とか体を起した。息が荒く、喉《のど》がヒリヒリと痛んだ。

「――畜生！」

と、有田が机にもたれて、頬や手に刻まれた傷にそっと触れて顔をしかめながら言った。

「ホームズは『畜生』かもしれないけど、あなたの方がよほど本当の『畜生』よ」

と、晴美は言って、しおりの手を取って立たせる。「――歩ける？」

「ええ……。恵利は？」

「裏口で待ってるわ」

と、晴美が言った。「行きましょう、ホームズ」

「ニャア」

ホームズはチラッと有田の方を眺めて、「ちょっとはこりた？」という様子で、もう一声

「ニャン」と鳴くと、さっさと先に立って部屋を出て行った……。


「落ちついた？」

と、晴美が訊いた。

「ええ……。ありがとう」

しおりは息をついて、スプーンを空になったスープ皿に置いた。

近くのレストランに入って、三人で食事を取っていた。――晴美、恵利、しおりの三人である。ホームズは晴美のわきで居眠りしている気配。

「でも、ひどいわ」

と、恵利は言った。「先生に話すべきだと思う」

「必要ないわ」

と、しおりは首を振る。

「だって――」

「もう、今夜でこりごりよ、あの人。それにマネージャーとして長くやって来てる。ともかく、今度の公演がすむまでは、少なくとも辞めさせるわけにいかないでしょ」

「そうかしら」

「途中でマネージャーがいなくなるのよ。しかも、おとなしく辞めていくと思う？　ああいう人よ。きっと公演を妨害するわ」

しおりの言葉に、恵利はチラリと晴美の方を見た。

「――あなたも同じこと言ったわね」

と、晴美が微笑んだ。

そうだった。恵利自身も、襲われかけたことを届け出なかったのだ。

「人のことは言えない、か」

と、恵利は笑った。

「食べて元気を付ける！　今度もし襲って来たら、そのときは有田をスルメみたいにのしてやる」

と、しおりは力こぶを作るポーズをして見せた。

「でも、そのポスターのことは気になるわね」

と、晴美は言った。

「恵利。本当に私じゃないのよ」

「分ってる、そんなこと。――そんなことする人が劇団の中にいる？　有田が口実を作るために自分でやったんじゃないの？」

「その可能性もあるけど……」

晴美は肯いた。――傍《かたわ》らのホームズがふと顔を上げて、晴美を見上げる。

「うん……。気になるって、ホームズも言ってる」

「まあ」

しおりがふき出した。

恵利もしおりも、晴美が呆れるほどよく食べた。役者というのは、エネルギーを消費するものらしい。

三人でたちまち皿を空にしてしまうと、きちんと各々で自分の分を払い、店を出た。

「――稽古場へ戻ってみるわ」

と、晴美は言った。

「どうして?」

「そのポスターが見たいの。何か……予感みたいなものがあって」

と、晴美は言った。


「痛い……。あの猫!」

有田は、鏡の前で傷の手当をしていた。

むろん、一人である。こんな傷、明日、みんなに見られたら何と言われるか。
二、三日ここへは顔を出さないようにしよう。
有田のような仕事では、外を回って戻らないことは珍しくない。しおりも、きっと黒島にしゃべりはしないだろう。そういう女だから。

あの猫……。マタタビでも持って来て、とっちめてやる！

有田はカッカしながら、

「しみる！　――痛い！」

どうせ誰も聞いていないのだ。一人で大声を上げながら、有田は傷の消毒をした。

鏡のある楽屋で手当をしていたのだが、やっとすむと、有田は部屋へと戻って行った。

「やれやれ……」

あのポスター。――これがあったばっかりに、つい丹羽しおりへちょっかい出す気になったのだが……。

有田は、ポスターの薄紙をゆっくりとめくってみた。

誰が一体、こんな訂正をしたのだろう？　しおりだとは、正直思っていない。誰か、劇団の中でしおりを嫌っている人間がいたのだろう。

それとも……。本当に、しおりに主役をやらせたいと思う人間が？　だが、こんなことをすれば、しおりにとってマイナスにしかならないということは分るだろうが……。

有田は、そのとき初めて気付いた。

そこには、さっきまではなかった訂正が書き込まれていたのだ。赤いサインペンで、〈製作〉として出ている有田の名が、グイと消し去られていたのである。

「こんな……。さっきはなかったのに――」

と言いかけて、有田は自分一人だけではないことに気付いた。

人の気配が背後にあった。振り返ろうとして、有田は頭に一撃を食らい、床へ倒れた。

また……傷の手当をしなきゃ……。

有田は、ぼんやりとそう考えた。しかし、もう有田にその必要はなかったのだ。


「――サイレンだ」

と、晴美は歩きながら言った。

「本当ね。どこだろう？　消防車ね」

恵利は、カンカンと鳴る鐘の音が混じっているのを聞いて言った。

「火事の多い季節ね。あの稽古場はもうボロだから、用心しないと」

「でも、あんまりきれいだと安心して汚せない」

「同感」

と、しおりは笑った。

二人の役者は、寒さなどまるで気にならない様子だった。

「中へ入れる？」

と、晴美が訊くと、

「きっと、まだ有田がいると思うわ」

と、しおりは言った。「あの顔じゃ帰れないもの」

「そうか。メーキャップでもしてるかな」

と、恵利が言って、「――こっちへ来る」

消防車が道に姿を現すと、三人を追い越して、先の角を曲って行った。続けて、二台目、三台目も。

「――見て！　火の粉《ひこ》」

と、恵利が足を止め、夜空を指した。

建物の向う側に、赤く火の粉が舞っているのが見えた。

三人は顔を見合せ、それから駆け出した。

「ホームズ！　行くわよ！」

晴美が振り向きながら叫ぶと、ホームズは目が覚めたように駆け出して、たちまち三人を追い抜いて行く。

角を曲って、三人は足を止めた。

「――嘘でしょ」

と、恵利が言った。

稽古場は炎《ほのお》の中に包まれていた。燃えている、というのではなく、炎がスッポリと建物を包んでしまっている。

消防夫がホースを消火栓《しょうかせん》につなぎ、放水を始めたが、手遅れだということは明らかだった。

「稽古場が焼けてる……」

しおりは、急に力が抜けたように、その場にしゃがみ込んでしまった。

晴美は、ホームズを見ると、

「有田は……中にいたと思う？」

と、そっと呟くように言った。

ホームズは答えなかった。炎の明るさが、ホームズの目の中にくっきりと映し出されていた……。

10　押しかけ

「――災難だったな」

と、片山は朝食を取りながら言った。

「呑気ね！　殺人かもしれないのよ」

と、晴美は自分のご飯にお茶をかけて、「焼死体が出たのは確かなんだから」

「有田ってのが、丹羽しおりと争ったときに何か火の気《ひけ》の近くに――タバコの火とかさ、そんなものをけとばしでもしたのさ」

片山は時計を見て、「おっと！　もう行かなきゃ」

「ね、現場検証の結果、知らせてもらって！　いいでしょ？」

「分ったよ」

片山は、肩をすくめた。「わざわざ殺人にするなよ。――じゃ、行って来る」

「行ってらっしゃい」

晴美は一応玄関で兄を見送ることにした。

「お前は出かけないのか」

「稽古場がなくなったのよ。向うから連絡が来るのを待ってるわ」

「あ、そうか」

片山はコートを腕に、せかせかと出かけて行った。

晴美は伸びをして、

「さて……。じゃ、今日は掃除でもするか」

と呟いた。

ホームズも、掃除には邪魔になるだけである。

朝食の後片付けをしていると、電話が鳴った。急いで出ると、

「晴美君か？　黒島だ」

「あ、どうも。ゆうべは――」

と言いかけると、

「稽古は〈劇団《げきだん》S〉の場所をとりあえず借りられることになった。一時間したら開始だ」

「え？」

「場所はしおりが知ってる。じゃ、待ってるよ」

呆気に取られている晴美にはお構いなしに、さっさと電話は切れてしまった。

「――何て人？」

やっぱり変ってる。

とはいえ、行かないわけにもいくまい。晴美は急いで仕度することにした。

と、また電話で、

「――はい！」

と、なぜか威勢良く出ると、

「晴美ちゃん？　私よ」

児島光枝だ。

「あ、叔母さん。良かったですね、あの地下鉄の――」

と言いかけると、

「あのね、時間がないの！」

「時間？」

「義太郎ちゃんへ伝えて。午後の三時に、K劇場の二階、ボックスシートのR―2」

「は？」

「そこで彼女が待ってるからって。じゃ、お願いね！」

電話は切れてしまった。

殺人容疑をかけられるところだったというのに……。何て呑気なこと！

「彼女？」

光枝の言う「彼女」は、当然見合いの相手だろう。片山は何も言ってなかった。

「忘れてる！」

晴美は頭を抱えた。——みんな、どうしてこうまともでないのばっかりなの？

「本当に！　まともなのは私一人！」

「ニャー」

と、ホームズが鳴いたのを、晴美は「同意」と受け取った。

すると——今度は電話でなく、ドタドタと聞き憶えのある足音がして、

「片山さん！　おはようございます！」

石津刑事の声が轟《とどろ》いたのである。


「——ほう」

と、栗原は、間が悪そうに机の前に立っている片山を見上げて、「見合いか。いいじゃないか」

「すみません、捜査中なのに。ともかく、叔母の顔が立てばそれでいいので、すぐ戻って来ますから」

と、片山は熱心に言った。

「いや、何もそう急ぐことはない。パッと会って、顔を見合せて、これが本当の『お見合

い』です、って帰って来るってんじゃ失礼だろうが」

と、栗原は面白がっている。「ま、今回はその叔母さんも関係者だったわけだし、ゆっくりして来い」

片山自身が「ゆっくりしたくない」と思っているのである。

「じゃ、すみません。ちょっと出かけて来ます」

と、片山は咳払いして、「K電機の方へは石津に行かせますから」

そこへ、

「片山さん」

と、若い刑事が何やら紙一枚ヒラヒラと手で振りながら、「片山さんあてにFAXが来てます」

「僕に？」

「こいつは重大ですよ、ぜひ課長にも見ていただかないと」

「何だ？　見せてみろ」

栗原の机に置かれたそのFAXを見て、片山は唖然とした。紙一杯に大きなハートの形が描いてあって、その中に丸っこい字で、〈私の義太郎ちゃん！　この間はすご〜く楽しかったわ。また会ってね！　何か思い出しちゃうから。あなたのためなら！！！　あなたの可愛い　ミカちゃんでした〉

――しばし、栗原は黙ってそれを眺めていたが……。

「僕はそろそろ……」

「〈あなたの可愛いミカちゃん〉か。――何だ、この娘は？」

「地下鉄での目撃者です」

と、片山は言った。「まだ十六なんですよ」

「ああ！　お前がここの廊下でキスした子だな」

「あれはぶつかっただけです」

と、片山は主張した。

「で、今から見合いするのが十八？　――片山。お前ももう中年になりかけてるのかもしれんな。早いとこ嫁をもらえ！　いいな。頑張って来い！　何なら今夜帰って来なくても、俺は晴美ちゃんへ言いつけたりせんからな」

ここまで部下をからかってられりゃ、捜査一課も平和というものである。

片山は自分の机へ戻って、

「変なもの課長へ見せるな」

と、むくれている。

「すみません。でも、可愛いじゃないですか！」

「だから何だ？　――これは？」

片山の机の上に、「可愛くない」男の手配写真をプリントしたものが置いてあった。

「ああ、この間、護送中に脱走した殺人犯ですよ。川北《かわきた》っていったかな」

と、若い刑事は言った。「都内へ潜入してるってことらしいので」

「会ったらよろしく言っとくよ」

片山は、これ以上「可愛い」顔に会わない内に、と早々に捜査一課を出たのだった。


「——はい、〈Sクリニック〉でございます」

聡子は、母の声にちょっと笑いを洩らしてしまった。

「もしもし?」

「ごめんなさい。私よ」

「聡子! びっくりした」

と、大岡紘子は言った。「どうしたの? 何かあったの?」

聡子は、母の声に緊張が感じられると、少し申しわけない気持になった。

「何も。ただ、今日友だちに誘われて、お芝居見に行くの。チケット、余ったからって。いいでしょ?」

大岡紘子は、すぐには返事をしなかったが、

「いいけど……。遅くならないでね」

「大丈夫。友だちもね、ご飯はうちで食べることになってるの。だから終ったら真直ぐ帰る」

「そう……。それならいいわ。——あのね、もしもし？」

「聞いてるよ」

「駅へ着いたら電話して。お母さん、八時には帰ってるから。分った？」

「うん。分った」

「じゃ……気を付けるのよ」

あんまりくり返せば妙なものだし、という迷いが、母の言葉には聞き取れた。

電話を切ると、大岡聡子は、

「ごめんなさい」

と、公衆電話に向って手を合せた。

テレホンカードが戻って、ピーピーと、まるで返事をしているようだ。

カードを抜いてお財布にしまうと、聡子は劇場のロビーを見渡した。時計を見ると、二時四十分。三時開演なので、ちょうどいいタイミングで着いた。

ゾロゾロと観客が劇場の中へ吸い込まれるように入って行く。

入ろう。——学校から真直ぐ来たので、もちろん聡子は制服に鞄をさげている。何とも古くさい制服で、来年の春でやっとこれとおさらばできると思うとホッとする。

何しろこれを着ているると、冬でもコートなしで大丈夫というのだから、大方の想像はつくだろう。

聡子は、鞄のポケットから、もらっていたチケットを取り出した。〈K劇場・二階、ボックスシート・R―2〉とある。

さて……。どんな人が来るのかな？

聡子は、事情はともかく今はとりあえず「お見合い」というものを楽しむことにして、入口の女性にチケットを差し出した。

「いらっしゃいませ。――右手の階段をお上り下さい。案内の者がおりますので」

「どうも」

と、聡子は言って、半券を手にふかふかと柔らかく足音を吸い取るカーペットを踏んで劇場の中へと入って行った。

言われた通り二階へ上って行くと、係の女性が退屈そうに立っていて、ちょっと戸惑ったように聡子を見た。

こんな女の子がどうして？　――その表情はそう言っていた。

「ご案内いたしましょうか」

という言葉も、半信半疑のところがある。

「お願いします」

と、聡子がチケットを渡すと、女性の態度が変って、

「こちらでございます」

一人前の大人になったようで、聡子はちょっといい気分だった。

〈R―2〉という金文字が小ぶりのドアの上に出ている。

ドアを開けると、目の前に二つ座席が並んでいるだけ。その先はもう、一階座席の頭上の広い空間だった。

同様のボックスシートが左右にもあったが、少し離れているので、切り離された空間という感じである。

「お連れ様は別においでですか」

と訊かれて、

「はい」

「では、おみえになりましたらご案内いたします」

――一人で座ると、聡子は鞄を足下に置いて、背もたれの高い快適な椅子に体を任せてみた。

一階の座席が見渡せて、半分ほど埋《うま》っているのが分る。――今上演されているのは大がかりなミュージカルで、人気が高く、なかなかチケットが手に入らないという話である。取ってくれたのは、あの人――児島光枝という人で、どこにコネがあるのか、

いようにね」

「気にしなくていいのよ」

と言ってくれた。「義太郎ちゃんはおとなしくて気が弱い子だから、あんまりおどかさないようにね」

まるで子犬でももらって来るみたいで、聡子は笑ってしまったものだ。

聡子にとっては、その片山義太郎という人がどんな人かは、むしろどうでもいい。彼が「刑事である」という点が大切なのだ……。

あと十分で開演か。

聡子は腕時計を見た。――本当に来てくれるのかしら？

もちろん、本人が来るつもりでも、刑事なのだ。急に事件が起って、ということもあるだろう。

聡子は、何となく落ちつかない気分だった。胸がときめく、なんて言うとおかしいが、確かに十八の少女にとって、男性と――それも大人の――二人で観劇を楽しむというのは刺激的な体験に違いない。

五分前のチャイムが広い空間に響いて、見下ろす客席は八割方埋っている。――聡子は深呼吸をした。落ちついて！

そのとき、背後のドアが開いて、スッと風が吹いて来た。――来た！

振り向くより早く、その男は聡子の隣の席に座っていた。

——聡子は、目を疑った。夢を見ているのかしら?

「——聡子だな」

と、その男は言った。「憶えてるか。父さんだ」

「でも、確かにそうなんだ」

と、片山は強調した。「間違いなくこの時間なんだよ」

「そうおっしゃられても……」

と、入口の係の女性は困惑している。

「あの——呼び出してもらえない? 大岡っていうんだけど」

「大岡様……ですか」

と、渋々メモして、「大岡——何とおっしゃるんですか?」

「——忘れた」

片山としても、公平に見て自分の方が無茶だということは分っている。

大体、開演に遅れた。——すでにミュージカルが始まって十五分たっている。

上演の最中に客を呼び出せというのは、無理なことだろう。しかも、〈大岡〉という姓だけは辛《かろ》うじて憶えていたが、名の方はケロッと忘れてしまったのだ。

入口の係の女性が片山のことを怪しんでも当然だった。

「あのですね。お連れ様の名前も憶えてらっしゃらない。座席の番号も何も分らない、じゃ、私どもとしてもご希望に沿いかねます」

と、きっぱり言われる。

「うん。確かに無理もない。君の言うことは正しい」

「お分りでしたら、お引き取り下さい」

「しかし、そこを何とか――」

我ながら諦めが悪いと思うが、ここで回れ右をして帰ってしまうというわけにはいかないのである。後で叔母から何と言われるか……。

すると、そこへ――「ローン・レンジャー」の「ウィリアム・テル序曲《じょきょく》」のごとく（少し古いが）、ヒーローが駆けつけて来るときの音楽が聞こえて来たのである。

「ニャー」

ヒーローじゃなかった。ヒロインが立っていた。

「お兄さん。劇場の人を困らせちゃだめでしょ」

と、晴美が言った。

「晴美、お前……。ホームズも、何しに来たんだ？」

「お言葉ねえ。せっかくチケットを届けに来てあげたのに」

晴美が、手品のようにヒョイとチケットを取り出した。

「お前が持ってたのか？」

「違うの。石津さんに、お兄さんへの伝言を頼んだでしょ。それで、安心して出かけようとして、郵便受を覗いたら、これが入ってたの。叔母さん、言うのを忘れてたんだわ、きっと」

「全く、もう！」

「面倒くさくなったから、自分で届けることにしたのよ。でも、稽古が長引いちゃってね。で、急いでやって来たら、お兄さんがここでもめてた、ってわけ」

「そうならそうと……。ま、いいや。じゃ、チケットをくれ。中へ入るよ」

「待って」

と、晴美は何を思っているのか、憮然《ぶぜん》としている係の女性の方へ行くと、「失礼しました。実は私ども、警察の者なんですの」

「は？」

「もっと早く申し上げれば良かったんですけどね。――ほら、手帳！」

片山は仕方なく警察手帳を見せた。

「あの――失礼しました！　存じませんで」

と、係の女性が焦っている。

「いえ、それは当然です。実は――他の方には黙っていていただきたいんですが」

と、晴美は声をひそめて、「今日の客席に逃亡犯が逃げ込んだという通報が――」

「そんな！　どうしましょ！」

「落ちついて下さい。本当かどうか、確認できていないんです。ただ、一応は確かめませんと」

「ええ、もちろんですわ」

「ちょっと中へ入れていただけます？　一応、このチケットを取っていただいたんですけどね」

「はい。――これ、ボックスシートですから、開演中でも出入りできますわ」

「良かった。じゃ、二階ですから、下の客席が見渡せますね」

「はい、右側のお席ですから、とてもよく見えます」

「じゃ、そこから客席を見せて下さい」

「かしこまりました。私がご案内します」

「チケット一枚ですけど、入ってもよろしいかしら」

「ええ、どうぞ！　何でしたら椅子を出しますから」

晴美は片山とホームズを従えて、その女性について行った。

「――おい」

と、片山が二階へ上る階段の途中で、「図々しくないか？」

「私、前からこのミュージカル、見たかったの」

と、晴美は澄まして言った。

二階は二階の案内係がいて、チケットを見ると、

「ああ。女の子が一人でいる席。——こちらです」

〈R—2〉のドアを、そっと開けてくれる。

ホームズが、ふと振り返った。

「——あら？　いないわ」

二つの席は空になっていた。——ステージの音楽が片山たちを包むように聞こえて来る。

「どうなさいます？」

と訊かれて片山が迷っていると、二階のロビーを、中年の男に手を取られて制服姿の女の子がやって来る。

「——あれ？」

片山が、その女の子に気付いて、「君……」

「片山さん？」

と、少女が言った。

中年の男が、スッと手を離すと、

「この子が迷ってたんでね」

と、早口に言って、「失礼」

と、足早に行ってしまう。

「あの人、案内しなかったけど」

と、二階の係の女性が言って、首をかしげている。

「遅れてごめん。色々事情が——」

と、片山は言いかけて、「今の男の人は？」

どこかで見た顔だ。——どこで見たんだろう？

「ともかく、これで——」

晴美は言いかけて、その女の子が突然その場に倒れてしまうのを見てびっくりした。

「——しっかりして！　どうしたの？」

と、かがみ込む。「気を失ってる。——お兄さんを見てショックだったのかしら」

「おい、そりゃどういう意味だ！」

と、片山がむくれた。

「大丈夫。——気が緩《ゆる》んだ、って感じね。でも、どうして……。お兄さん。お兄さんも青い顔をしているわよ」

思い出した！　——片山は、出がけに机の上に写真が置いてあった「逃亡中の殺人犯」と出くわしていたのだ。

「後を頼む！」

片山は男を追って駆け出した。

まさか——本当に出会うなんて！　畜生め！

片山は階段を駆け下り、劇場から外へ飛び出した。しかし、もうあの男の姿は、決して少ないとは言えない人通りの中へ、消えてしまっていたのである……。

11　逃亡犯

「——川北……拓郎《たくろう》、ですね」

片山は電話のわきのメモ用紙に名前を書きつけた。「——ええ、五分ほど前です。K劇場の前で見失いました」

劇場の事務室に、片山たちはいた。

ソファには大岡聡子が横になっていて、晴美がそばについている。ホームズは椅子の一つで丸くなっていたが、眠ってはいなかった。

「——じゃ、よろしく」

と、片山は言って電話を切った。「どうだい?」

「すみません……」

と、聡子は力のない声で、「私がしっかりしてれば、すぐ捕まえられたのに」

「いや、仕方ないよ。誰だって、殺人犯と一緒にいるのは楽しいことじゃない」

片山は、聡子がゆっくりソファに起き上ると、「君は——大岡聡子というんだったね」

「はい。母は看護婦で、〈Sクリニック〉に勤めています」

晴美が目を丸くして、

「じゃ、あの人？　受付にいる……」

「そうです」

と、聡子は肯いて、「そして父は……川北拓郎です」

片山と晴美は、しばし絶句していた。

「じゃあ、君のことを知ってて川北は――」

「そうです。私も、それで片山さんとお付合いしたかったんです」

聡子は、分ったような分らないようなことを言って、「ご迷惑かけてすみません」

「あのね」

晴美が、聡子の肩を軽く叩いて、「相手が迷惑してるって文句を言わない内に、謝ることないの」

「でも……」

「いいの！　これはね、女の特権なのよ。特に若くて可愛い女のね」

「お前のだろ」

と、片山は言ってやった。

聡子がホッとしたように笑う。張りつめていたものが緩んだ様子だった……。

――晴美は、聡子の話に肯いて、

「うん。憶えてる。あの受付の看護婦さんと雑談してて、お兄さんのことも話したわ」

「どうせ俺の話は雑談だ」

「それで、児島の叔母さんの話もして……。そう。そしたら、あなたのお母さんの知ってる看護婦さんが、叔母さんの世話で結婚したんですってね」

それを聞いて、片山は、もしかすると児島の叔母は、日本中に見合いの話を広めて回っているのじゃないかとさえ思った。

「ええ」

聡子は肯いて、「母が帰ってからその話をしてくれたんです。それで私、母の住所録を調べたら、児島光枝さんの住所が出てたんで、自分の写真を送ったんです。母の名前で『娘ですが、よろしく』って手紙を添えて」

片山は首をかしげて、

「でも、僕と見合いするとは限らないじゃないか」

「ですから少ししたら、こういう人がいいって私、手紙出そうと思ってたんです。そしたら、ちゃんと片山さんも私を選んで下さったって……」

「選んだっていってもね……。ま、間違いじゃないけど」

と、片山は歯切れも悪く、「それが川北のこととどうつながってるの?」

「母は、私に父は私の小さいころに死んだと教えてました。今でも私がそう信じていると思います。でも、私、三年くらい前に父が出所する人に託した手紙を受け取ったんです。――母には言いませんでしたが、父は私に会わない内は、死ぬに死ねないと書いていました」

「川北拓郎は、もう十五年間刑務所なんだ」

「終身刑なんでしょ？　強盗殺人。強盗に入った家の人を皆殺しにしたって……」

そう言いながら、聡子は少し青ざめた。「私、自分がそんな人の子だというのが凄くショックでした。でも、事実ならそう認めるしかないんだし」

「殺人は病気じゃない。遺伝しないよ」

「ええ、そうですね、でも――母が私にそのことを知らせたくないと思ってる気持も分るんです」

「そうね」

と、晴美は肯いた。「でも、川北は脱走したのよ。――そうか。それであなた、兄と会おうとしたの？」

「はい。父が逃走したって新聞で見て、青くなったんです。きっと私を見付けようとする、と思って。それで帰ってみたら、母があなたの話を――。お兄さんが刑事さんで、恋人ができなくて困ってるって……」

「お前、そんなことまで言ったのか？」

と、片山がむくれている。

「ま、いいじゃないの」

「ニャー」

「お前は黙ってろ」

兄妹とホームズのやりとりを眺めていて、聡子は微笑むと、

「片山さんがいつまでも独身でいるわけが分りました」

「何のことだい？」

「妹さんと仲良すぎて、他の女の人が必要ないんですよ。それに、すてきな猫もいるし」

「あら……」

と、晴美があわてて髪を直し、ホームズはパッと座り直してキュッと胸をそらして彫像みたいなポーズを取った。

何を格好つけてるんだ？　片山はため息をついた。

「でもね、聡子君、僕と付合ったからって――」

「片山さんは恋人を見殺しにしたりしないでしょ？　守ってくれるでしょ？」

「守るっていっても……。今日だって遅れて来たじゃないか。ね？」

「でも、刑事さんがそばについててくれたら、父だってそう簡単には近付いて来られないと思うんです」

「今日は、どうしてここへ来たのかしら」

「学校の名を知ってたんです。どうやって調べたのか。それで、帰りを待ってて、後を尾けて来たんだと思います」

「なるほど。しかし……」

と、片山は少しためらってから、「川北は君に何か言ったかい？」

「ええ。一緒に逃げようって。私、母を置いて行けないと言いました。そしたら……」

と、口ごもる。

「——そしたら？」

「母のことを——口汚《くちぎたな》くののしったんです。そして、つべこべ言わずに来い、と。二人でロビーへ出たんですけど、階段の反対側の方から出る口を捜して結局むだで、戻って来てみると、片山さんたちが……。助かりました」

晴美は、母一人、子一人というせいなのか、この娘のしっかりしていることに感心した。多少、年齢不相応にしっかりしすぎている印象もあったが、それでも妙に背伸びした風でもない。

「ともかく無事で良かったわ」

と、晴美が言うと、部屋の外でチャイムが鳴った。

「あ、後半第二部の始まりだ、見てっていいですか？」

と、飛びはねるように立ち上るところが可愛くて、晴美は笑ってしまった。

「僕はちょっと――。川北のことを報告しに戻らないと」

「じゃ、私とホームズでしっかり聡子ちゃんを守っておいてあげるわ」

「お前もミュージカルが見たいんだろ」

と、片山は言ってやった。

「さ、行きましょ。ホームズは膝の上にのせとけばいいわ」

「はい!」

たちまち晴美、ホームズ、大岡聡子の三人は行ってしまい、片山は一人で取り残されてしまった。

「おい……。俺の見合いだぞ」

と、一人でブツクサ言って、片山はそれでも内心ホッとしながらその部屋を出た。

第二部が始まって、ロビーには人影がない。――外はすでに黄昏《たそが》れて薄暗く、冷たい風が吹き始めていた。


「――おい、相良」

と、からかい半分の声が飛んで、「ナンバー2《ツー》って、どんな気分だ?」

笑い声が、校舎のロビーに響く。

校舎といっても、ここは学校ではなく、相良一の通っている塾である。〈塾〉というイメージとは大分違い、七階建の立派なビル。

ここへ通う子供たちにとっては、「勉強」とは学校でするものでなく、ここでやるものなのだ。

今、相良一が立っているのは、一階の玄関ロビーから少し奥へ入った〈成績掲示室〉で、毎週毎週出されるテストの結果がここにズラリと貼り出されているのである。

〈今週の第一位〉。——何だか趣味の悪い金紙で飾られた枠には、〈室田淳一〉とあった。

そしてその下——一応、赤くアンダーラインを引いて、第二位に〈相良一〉。

でも、一位の名前だけがみんなの関心をひく。二位になることなんて、何の意味もないのだ。

夜も、この塾は休まない。学校から遠いとか、親の帰りが遅いとかで、夜の授業を選ぶ子もいる。授業の終りは夜十時半にもなって、子供によっては家へ着くのが、いつも営業マンの父親より遅い、という子もいるそうだ。

相良一はもう授業を終えて帰るところである。

「——相良君」

振り向くと、室田淳一が立っていた。

「室田か」

「帰るんだろ？」

「うん」

相良一は、バッグをヒョイと肩にかけて、「またトップだな。おめでとう」

「よせよ。ここでトップになって、何になるんだ？」

と、面白くなさそうに言って、「ね、そこで何か飲んでかないか？」

「――うん」

いやだよ、と言いかけて思《おも》い止《とど》まった。そんな大人げない真似はしたくない。

二人は外へ出た。――夜の八時を回っている。むろん真暗で、風も冷たい。

道を渡ったところに、ハンバーガーの店があり、客の半分以上はこの塾の生徒たちである。

室田淳一はハンバーガーと飲物を買い、一はシェークだけにした。

「家で食事作って待ってるから」

と、丸テーブルに二人でついて、一は言った。

「じゃ、誘って悪かった？」

「そんなことないよ。ママが車でこの前に来る。たいてい二十分くらいは遅れるんだ」

「へえ。でも凄いな。うちなんか放《ほ》ったらかしだよ」

と、淳一は笑って言った。

一は、そっと淳一を眺めた。――同じ学校の転校生とはいっても、こんな風にそばで見ることはめったにない。

　室田淳一は、一よりも十センチ以上背が高く、手も足もヒョロッと長い。どことなく西洋人の血でも入っているのかと思えるのは、その色の白さのせいかもしれない。

「あいつらだ」

　と、誰かが言った。

　一は顔を上げて、体がこわばるように感じた。

　男の子たち――同じ学年の少年たちが四人、店に入って来た。

「どうしたんだい？」

　と、淳一が言った。

「あの四人……。知ってる？」

「知らない」

「前にあの塾へ来てて……。クラスの中でタバコ喫《す》ったりしてたんだ」

　と、一は小声で言った。「僕が先生に……言いつけたってわけじゃないけど、他の子もいやな顔してたから。そしたら、四人ともすぐにやめさせられて」

「当り前じゃないか、中学生でタバコなんて」

「でも……あいつらの親が凄く怒ってさ、塾へ怒鳴り込んで来た」

「無視してろよ。相手にしちゃだめだ」

と、淳一は言って、ハンバーガーをかじった。

四人組は、ハンバーガーを四つとフライドポテトをトレイにのせると、空いた席を捜しながら、二人の方へやって来た。

「よう、優等生」

と、一人がニヤニヤ笑って、「まだ一番なのか？　ガリ勉」

一は顔から血の気がひいていくのを、どうすることもできなかった。喧嘩《けんか》とか、暴力的なことには極度に弱い。

「青くなってやがる」

と、笑い合って、「心配すんなよ。俺たちだって、お前のおかげであんなクソ面白くもない塾をやめられたんだからな。なあ、そうだろ？」

「ああ。何か礼をしなきゃな」

「そうだよ」

一人が、ケチャップの容器を手に取ると、一のシェークの中へギュッとケチャップを絞り出した。

——四人は忍び笑いして、

「さあ、おいしくしてやったぜ。飲めよ」

「早く飲めよ」

と、せっついた。

一は額に汗が浮かんで、膝がガクガク震えていた。逃げようにも、足が思うように動かない。

「――飲めねえのかよ」

と、一人が一の胸ぐらをつかんだ。

一は悲鳴を上げそうになったが、どうせ声は出なかったろう。

店の中には、同じ塾の子が何人もいたが、みんな気付いていながら知らん顔を決め込んでいた。店員も係り合いになりたくないのだろう、気付かないふりをしている。

すると、淳一がハンバーガーを食べ終えて紙ナプキンで指を拭いて、

「よせよ」

と言ったのである。

四人は顔を見合せた。

「――何だ、こいつ？」

「友だちだよ」

と、淳一は言って、「手を離せよ、相良君から」

四人はたちまち淳一の方を取り囲んだ。

「新顔だな。生《なま》っちろい顔しやがって」

「相良の代りに、ケチャップ入りのシェークを飲ましてやろうか」

淳一は、無表情に一のシェークのカップを取り上げると、

「お前が飲め」

と、ケチャップを入れた少年の顔へ、まともに中身をぶちまけた。

一は目を疑った。淳一の長い足が一人の足をサッと払い、その場に引っくり返らせたと思うと、右の肘で背後の一人の腹を突いた。呻《うめ》き声を上げて転る。

呆気に取られている一人の手首をつかむと、淳一は素早く背中へ回ってねじ上げた。

「痛い！　やめろよ！」

「離してやるか」

思い切り背中を突くと、その一人はシェークを浴びせられた少年と正面から額をぶつけ合い、声を上げてよろけた。

――すべて、ほんの何秒間かの出来事だった。

「喧嘩するなら、やり方を憶えてから来い」

と、淳一は言った。

四人が目を見開いたまま、あわてて店から逃げて行く。

一番呆気に取られていたのは、一だったろう。

「シェーク、換えてもらおう」

と、淳一はカウンターへ行って、「取り換えて下さい」

と言った。

「おい！　君、強いな！」

と、店長らしい男が感心した様子で、「シェークはおごるよ、君も何か欲しいか？」

「これを換えてもらえば、それでいいです」

「そう言うなよ。俺、感心しちまったよ」

淳一は冷ややかに店長を見て、

「どうして、喧嘩になる前に止めなかったんですか。あなた、大人でしょ。この店の責任者なんでしょ。どうして見て見ないふりしてたんですか」

「いや……」

と、店長の方がぐっと詰る。

「そういう風だから、あの四人だって平気でぐれてくんです。大人なら、大人らしいことをして下さい」

女の子の店員がシェークの新しいのをくれた。

「ありがとう」

淳一は、それを持って行くと、一に渡した。

「――室田」

「僕、喧嘩って慣れてんだ。ニューヨークの下町にしばらくいたから」

と、淳一は言った。「喧嘩の仕方、憶えてなきゃ、生きてけなかったんだ」

一は、何も言えずにシェークをゆっくりと飲んだ……。

——二人は店を出ると、軽く手を振って別れた。

一は、風に吹かれて淳一の後ろ姿を見送っていたが、やがてちょっと首をすぼめて、一旦塾の建物の中へと戻った。

母の車が塾の前に来る。表で待っていたりしたら、

「風邪ひくでしょ！」

と、叱られてしまう。

塾の中へ入ると、ホッとする。

情ないようだが本当だ。ここにいると、家にいるより落ちつくのである。

特に、あの成績の貼り出されているスペースは、一にとって心の休まる場所だった。

一番でなくなって、以前ほど楽しくはないが、それでもここでは一は「有名人」で、特別な存在だったのだ。

〈一位　室田淳一〉〈二位　相良一〉。

その掲示に目をやって、一はびっくりした。

掲示の名前が赤いサインペンで書き直してあったからだ。

〈一位　相良一〉と。

12　グループ、その2

「今晩は」

と、岩井則子がいつもの通りに窓口から声をかける。

「今晩は。寒いですね」

今夜もガードマンは中林周一である。

「今夜はウォークマン、聞いてないの？」

と、ノートへ記入しながら訊くと、

「ちゃんとここに」

と、ヘッドホンを持ち上げて見せ、「でも、先生がみえるまでは、やめとくことにしたんです」

「あら、遠慮？」

と、則子は笑った。

「ニャー」

振り向くと、三毛猫が入って来るところ。

「あら、ホームズさん。ご機嫌いかが？」

「——どうも」

片山晴美が、丹羽しおりと一緒に入って来る。

「まあ、いらっしゃい。——じゃ、お名前を。一緒に上りましょ」

と、則子は言った。

——三人と一匹がエレベーターで上って行く。

「今夜、南原さんが来られるかどうか分らないって、連絡があったわ」

と、則子はエレベーターの中で言った。

「どこか具合でも？」

と、丹羽しおりが訊く。

「そうじゃないの。部長になって、忙しいんですって」

「あら、それじゃ……」

「ええ。元の会社へ戻れたのよ」

「良かったですね」

と、しおりは言った。

「必ずしも、そうとも言えないんですけどね」

と、晴美は言った。「問題の部長が死んでその後釜《あとがま》ってわけだから」

「あら、そうだったの？　知らなかった」

則子は当惑した様子で、「亡くなったって……。事故か何かで？」

晴美はエレベーターがもう着いたので、

「そんなもんです」

と、曖昧《あいまい》に言っておいた。

〈Sクリニック〉の受付には、大岡紘子が座っている。

「先生、今晩は」

晴美は、にこやかにしている大岡紘子を見ながら、もし娘が父親と会っていたことを知ったらびっくりするだろう、と思っていた。

片山がいつも聡子と一緒にいるというわけには、むろんいかない。取りあえず川北を追っている刑事たちの一班が、聡子の身辺を見張ることになっていた。——目的は当然川北の逮捕だから、川北が現れるのをむしろ期待しているわけだ。

しかし、取りあえず聡子の身は安全と思っていいだろう。

「——うちも稽古場が焼けて大変で」

と、いつものカウンセリングルームに落ちつくと、丹羽しおりは言った。

「ええ、新聞で見たわ。一人、亡くなったのね、気の毒に」

則子の言葉に、しおりはチラッと晴美を見た。

「今は、あちこちの劇団の稽古場を借りたりしてて、だから身が入らないんです。もちろん、主役の野上さんはもっと大変でしょうけど」

しおりが、自分の役を奪った恵利のことをむしろ気づかっているのを見て、則子は安堵《あんど》している様子だった。

「——今晩は」

いつの間にか、相良一が静かに立っている。

「相良君。——楽にして。後、村井さんね」

「今、一緒だったんですけど」

と、相良一は言った。「ちょっと顔を直してくるって。泣いてたみたいですよ」

「あら、そう。じゃ、じっくり聞いてあげなきゃね」

「南原さんは？」

と、一が訊いた。

「部長さんになったんですって。前の部長さんが急に亡くなって」

則子の言葉を聞いて、一はなぜか愕然としたようで、

「——死んだ？　死んだの、あの部長？」

「ホームから落ちて、電車にひかれてね」

晴美が付け加える。

一は、不意に驚きの色を消して、無表情になり、

「そう」

とだけ言った。

「相良君、何かあったの？」

則子は少し用心深く訊いた。一の様子がいつもと違うことに、気付いていたのだろう。

「――何も」

「隠さないで。ここじゃ、何でもしゃべってくれる約束よ」

一は、ちょっと考えてから、

「本当はね……。映画みたいなことがあったんだ」

「まあ！　ぜひ聞かせてよ！」

則子が身をのり出す。

村井敏江もやって来たが、すぐに話し出す風ではない。則子は、もう一度一の方へ促した。

――晴美は、ホームズがどこか落ちつかなげで、部屋の隅をそっと歩き回っているのに気付いた。何をしているんだろう？

ホームズでも、人に邪魔されたくないときがあるのだろう。晴美と全く目を合せない。晴美はそっとしておくことにした。

相良一が、室田淳一と四人の少年との喧嘩の話をすると、みんな感嘆した。

「――あいつには勝てないかな、って思ったんだ。そのとき」

と、一は言った。

則子が小さく肯く。

その事件は、一にいい形で影響したようだ。人間はそれぞれの過去を持っていて、各々別の生き方をするように生れついている。そのことを理解するためのきっかけを、少なくとも一はつかんだようだった。

「その後は、何かなかったの？　その四人から仕返しされそうとか」

晴美が訊くと、

「やめてよ」

と、一が眉をひそめて、「そういう話、聞くだけで僕、汗かいちゃうんだ」

「ごめんごめん」

と、晴美が笑って、みんなも加わった。

則子は、一自身まで笑っているのを見て、びっくりせずにはいられなかった。自分の欠点を人前で認めるということは、何かに自信を持っていなくてはできないことなのだ。

相良君は、立ち直って来ている。――そう思って、則子は嬉しかった。

しかし――ちょっと笑ったものの、村井敏江はすぐに沈み込んでしまう。

「村井さん。何かあったの？　この前は一人で元気だったのに」

敏江は、少し間を置いてから、

「え？」

と、我に返った様子で、「すみません。ちゃんと聞こえてたんです。聞いてたんですけど……」

「そんなことといいのよ。話してみて」

「私……」

敏江はフッと息をついた。「――すぐ涙ぐんじゃう。だめですね、本当に」

則子は黙っていた。これ以上、急がせてはいけない。敏江は話そうとしている。それを邪魔してはいけない。

「主人が……」

と、その言葉は鉛《なまり》のように重そうで、「知っていたんです。私と瀬川さんのこと。――私、そんなこと分り切ってたのに、ろくに言いわけも、隠そうとする工作もしないで……」

敏江の口調は、ほとんど独《ひと》り言《ごと》のようになっていた。

「――どこに行ってた」

思いがけず、夫が先に帰っていた。

敏江は、まさかそんなことがあるとは思ってもみなかったので、一瞬、どう答えたものか分らなかった。

こんなとき、スラスラと嘘の出る敏江ではない。

「早かったのね」

と、買物の袋を置いて、「特売を見てたら遅くなって。――それに、あなた、こんな時間に帰って来ることなんて、ないじゃないの。すぐ夕ご飯にします」

と、台所へ行きかける。

夜、七時を少し回っている。十時を過ぎないと帰宅しない村井貞夫としては、確かに年に一度、あるかないかのことだ。

敏江は、急いで台所へ行き、買ってきたおかずを電子レンジで温めた。

瀬川と会っていたのだ。もう何回目になるだろう。

一度やってしまえば、後は簡単だった。瀬川がフリーの編集者ということで、昼間はかなり自由がきく。

ホテルでのあわただしい愛。しかし、それでも夫との十年分以上の歓《よろこ》びが、そこにはあった。敏江は後悔していなかった。

「――ごめんなさい」

一応、謝っておく。何しろ、新聞を一枚抜いたのを謝らないと言って殴った男である。帰って夕食の用意がしていなかったとなれば、殺しかねない。――そう思って、自分で笑ってしまった。

「何がおかしい」

と、村井は言った。

「あ、別に……。あなたのことを笑ったんじゃないわ。私、笑ってもいけないの？」

つい、突っかかってしまう。

ご飯をよそって出すと、村井は一気に食べて、一杯目を空にし、黙って差し出す。

敏江は二杯目をよそって、

「そんなにお腹が空いてたの？」

「力をつけてるんだ。お前も食べろ。大分疲れたろ。ホテルで頑張って来て」

敏江は、凍りついた。

しかし、そうなることは分っていたようでもあった。

そうだ。長く続くわけがなかった。あんな幸せが、いつまでも続くはずがない。

「――何とか言え」

村井は、怒っている風ではなく、それがいっそう気味悪かった。ネズミをなぶっている猫のように、愉《たの》しんでいる。

「何を言うの？　どうせぶつんでしょ。どうぞ」

「開き直りか」

村井は唇《くちびる》を引きつらせるようにして笑うと、「瀬川とかいう奴と寝て、そんなに楽しかったのか」

敏江は青ざめた。——夫が、瀬川をただではおくまいと思ったからだ。

「お願い。あの人に手を出さないで。私が悪いの。あの人のせいじゃないの」

「馬鹿だな、お前は」

村井は立ち上ると、放り出してあった鞄から大判の封筒を出してきて、ポンとテーブルの上に投げ出した。

「——中を読んでみろ」

と言っておいて、食べ続ける。

敏江は、中から十数ページの書類と、何枚かの写真を取り出した。

写真は、敏江と瀬川だった。二人で待ち合せた喫茶店の中。腕を組んで歩いている町中でのもの。そして二人でホテルへ入るところ。出て来るところ。

——何もかも、分っていたのか。

「お前も、なかなか写真うつりがいいじゃないか。実物よりよほどいいぜ」

「あなた……。わざわざ頼んで調べたんですか」

「ああ。お前のびっくりする顔が見たくてな。どうだ。いいプレゼントだろ?」

と、村井は笑って言った。「書類の方も読め」

「必要ないでしょ。否定したりしません」

「当り前だ。そうやって証拠もある。——それだけじゃない」

敏江は夫をじっと見つめた。夫はまだ何か知っている。敏江をもっと傷つけ、苦しめる毒を持っている。

「瀬川という奴が、お前にどう話してるか知らんが、あいつは会社の金を使い込んでクビになったんだ」

と、村井は言った。「女房には当然逃げられて独り暮し。そこへお前が現れた。——奴にとっちゃ、幸運さ。お前が払ってるんだろう、ホテル代も食事も。違うか？」

「そうです。でも、あの人が払ってくれと言ったわけじゃないわ。自分で払いたくて払ってるんです」

「それでも、自分の食った分くらいは、自分で払いそうなもんだがな。男なら」

と、村井は言った。

「あなたに関係ないことでしょ。私の勝手だわ」

「お前の勝手か？　俺が稼《かせ》いで来た金で、奴に飯を食わしてやるのがか？」

「それを怒るのなら、私の貯金から返します！」

と、敏江は言い返していた。

「敏江。――お前もそこまで馬鹿だったのか。騙されてることが分らないのか」

「決めつけないで。あの人は……確かに失業中かもしれない。お金もないわ。でも、私は愛してるの。あの人が好きなの。あなたのように冷たい人じゃないわ」

我ながら呆れた。

こんなことを、夫に向って言えるなんて！

村井は、声を立てずに笑うと、

「書類がもう一通ある。それを見ろ」

と立ち上る。

「もう沢山。今度は何を見ろっていうの？」

「――これだ」

村井自身が、封筒から抜き出して投げてよこしたのは、写真だった。

瀬川だ。――今日会ったとき着ていたのと同じ上着を着ている。

女と二人だ。クラブの入口に立っているところだった。ただ立っているのではない。女の方が瀬川の首に両手をかけ、のび上ってキスしている。その前後の写真が数枚ある。

「女は今、奴と同棲してる。奴はその女にクラブで働かせて稼がせてるんだ。自分は仕事も捜さずにブラブラ遊んでな。信じないのなら、その女に会って来い」

敏江は、じっとその写真を眺めていた。

長い長い時間がたった。――永遠のように長い。

敏江は、写真をテーブルに置いた。

「――もういいの?」

敏江の問いに、初めて村井が戸惑った。

「何のことだ」

「ご飯。もう、おかわりしないの?」

村井は面食らって、

「ああ。――もう沢山だ」

「じゃ、私、いただくわ」

敏江は自分の茶碗にご飯を山盛りによそうと、凄い勢いで食べだした。

村井は少し気味悪げにそれを見ていたが、

「出かける」

と、ひと言、足早に行ってしまった。

玄関のドアが音をたてて閉ると、敏江は初めて食べる手を止めて、息をついた。

自分と瀬川の、そして瀬川と見知らぬ女の写真がテーブルに散らばっている。

敏江は両手を伸すと、写真をかき集め、握り潰した。涙がとめどなく溢れて来た……。

「――失礼します」

受付の大岡紘子が立っていた。「先生……」

「はい」

と、則子は立ち上った。

「あの……南原さんが」

と、大岡紘子が言い終らない内に、南原が顔を出し、

「今晩は。――すみません。お邪魔して」

「とんでもない。今夜はおみえにならないと思っていたので」

と、則子は大岡紘子へ肯いて見せ、「さ、おかけになれば?」

「いや、実はゆっくりしていられないので」

南原は、部屋へ入って来ると、「すっかりご心配をかけてしまって……。本当にありがたかった。ここで好きなことを言わせていただいたのが、どんなに助けになったたか」

南原は、別人のようだった。

着ているものも違う。ダブルのスーツは、いかにも「重役」にふさわしい品だと見えたし、ネクタイ一つとっても、前とは比較にならない。

そして何より、本人がどこか辺《あた》りを払うような風情《ふぜい》で、自信というものがこうも人を変えるかと思わせた。

「——部長さんですってね。おめでとうございます」

と、村井敏江は話しながら溢れていた涙を拭って言った。

「どうも……。ひょんなことでね。ま、上も弱みがありますから、大事にしてくれるんですよ」

と、南原は笑った。

「いい気分？」

と、相良一が言った。「いい気分だろうね」

「そうだな。まあ悪くない」

と、南原は肯いて、「最後に笑う者が勝ちさ。君も諦めるな。きっと、その内幸運も巡って来る」

「うん」

「どうしても、みんなに会って礼を言いたくてね」

と、南原はみんなの顔を見回して、「今度ぜひ——」

ポケットでルルル、と音がした。

「失礼」

南原はポケットから携帯電話を取り出すと、

「——もしもし。——ああ、俺だ。——うん。今、そっちへ向ってる。あと二十分もあれば行けるよ。引きとめといてくれよ。――分った」

南原は電話をポケットへ滑り込ませ、立ち上った。

「じゃ、これから行く所があって。失礼します。また、寄らせてもらいますよ」

「ええ。また……」

と、則子が言い終らない内に、南原は足早に出て行ってしまった。

「じゃ、色々どうも」

と、大岡紘子へ言っているのが聞こえている。

――何となく、しばらくの間誰も口をきかなかった。

晴美は、ホームズがじっと部屋の隅に座って、この「人間喜劇」を眺めているのを、気付いていた。

南原は、部長になって、ごく平凡な、つまらない男になってしまった。――誰もがそう感じているのだ。

恨み、苦しんでいるとき、南原は他の人間とは換えがたい、個性豊かな男だった。しかし、重役になってしまったとたん、南原はもうここにいる誰とも壁でへだてられた人間になっていた……。

「――ともかく、良かったわ」

と、則子が言った。「南原さん、すっかり若くなったわね」

「つまんない」
と、相良一が言った。「つまんないよ、あれじゃ」
一の、素直な言葉を、誰も否定しなかった。
――敏江は、南原が来たおかげで話を途中で遮られて良かった、と思っていた。
本当は話すべきなのだろう。
でも……。でも、それじゃあんまり惨め過ぎる……。
私があまりに可哀そうだ。
敏江はふと自分を見ている誰かの視線を感じた。
あの猫――三毛猫がじっとこっちを見ている。ふしぎな目だった。
その目が、敏江の心を落ちつかせた。
とはいえ、敏江の中に芽生えていたものを消してしまうことはできなかったのだ。
以前にはなかったもの。――夫への殺意を。

13　交換ＦＡＸ

「片山さん！　緊急のＦＡＸが！」

その言葉を聞いたとき、片山は自分の席で居眠りしていたのだったが、ふしぎなことにちゃんと言われたことは理解していたのである。

俺って、ずいぶん真面目なんだ、と片山は自分で感心したりしていた。

「――何かあったのか？」

と、頭を振って訊きながら、壁の時計に目をやって、夜中の二時になっているのを知った。

「片山さんあてです。――殺人の予告が」

「何だって？」

と、片山があわててＦＡＸの紙を引ったくって見ると、

〈今晩は！　愛《いと》しい義太郎ちゃん！

まだお仕事してるの？　風邪ひかないようにね。

私を抱きしめたら、あったまって、風邪ひかないですむわよ！

私の部屋、ＦＡＸがあるの。番号は（××××）××××。――お返事、待ってるわ。
あなたの　ミカ〉

片山は、笑い転げている若い刑事の方をにらんで、

「おい！」

「片山さん！　いいじゃありませんか」

と言ったのは石津だった。「捜査一課にそんなＦＡＸが入るなんて、平和な証拠ですよ」

片山は苦虫《にがむし》をかみつぶしたような顔で、席に戻ると、

「大体、お前のせいで残ってるんだぞ。早くしろ」

と、文句を言った。

「すみません」

石津が、Ｋ電機を訪ねて聞いた話をまとめるのに手間どっているのだ。

「――でも、片山さん」

「何だ」

「返事、送ってやったらどうですか？」

「そんなこと、放《ほ》っとけ！　さっさと報告をまとめろ！」

「はい」

石津は、首を振って、「やはり、女の子には過剰反応しますね」

「誰がだ？」

と、片山はふてくされて言った。

——江田ミカか。

しかし、今の子供はどうなってるんだ？　自分の部屋にＦＡＸがある？　うちにゃないぞ。

片山は欠伸をして、冷めたお茶を一口飲んで、あまりの濃さにすっかり目が覚めてしまった。

電話が鳴って、出てみると、

「お兄さん？」

「何だ、お前か」

「ＦＡＸ、行った？」

「何だって？　じゃ、お前が教えたのか」

「電話より、言いたいことが言えるから、って。いじらしいじゃないの」

「どこがだ？」

と、ミカのＦＡＸを見ながら、「お前、まだ起きてるのか。いくら仕事がないっていっても、いい加減寝ろ」

「親みたいなこと言わないで。それより、今夜のグループカウンセリングのことよ」

「ああ、またあったのか」

「面白い話が聞けたわ」

晴美が、相良一と、村井敏江のそれぞれの話をかいつまんで聞かせると、

「――それが治療になるのか」

「相良一って子なんか、みんなに話をすることで、しっかり自分を見つめるようになってるわよ」

「ふーん、――何だ？」

また一枚ＦＡＸが届けられた。

〈義太郎さん！

私の愛に答えて下さらないの？　それなら私、死んであなたのおそばに参ります！

ミカ〉

「――どうしたの？」

「何でもない」

片山は、白紙を一枚取り出すと、サインペンで、

〈子供は早く寝なさい！

お母さんに叱られるよ。明日、学校遅刻したらどうするんだ。

片山〉

と、走り書きした。

「ちょっと待ってろ」

と、晴美へ言って、ＦＡＸの機械の所まで行って自分の書いた手紙を送った。

「――これでよし」

と、席へ戻って、「もしもし。それで何かあったのか？」

「ホームズがね。どうも何か気にしてるようなの。あのカウンセリングのことをね」

「だから？　――太川を殺したのは南原じゃない。あの時間、南原は古い知人の所へ仕事を世話してくれと頼みに行ってたんだ」

「そう。で、太川を殺す動機のあった人間は？」

片山は、せっせと人さし指でワープロを打っている石津の方を皮肉な目で見ながら、

「石津に訊け。もう五時間も報告書を作り続けてる」

石津がパッと立ち上って、

「晴美さんですね！」

と、駆けてくる。

「何だ。どうして分った？」

「分りますよ！　晴美さんの匂いが伝わって来ます」

石津は、片山の手から受話器を奪い取るように取った。「もしもし！　石津です！　晴美さん、ごぶさたしてます！　お元気ですか？」

「ちっともごぶさたなんてしてないだろ」

と、片山はブツブツ言った。

すると、電話口から、

「ニャー」

と、ホームズの声が飛び出して来て、石津は仰天し、

「失礼しました！　ホームズさんとは存じませんで」

晴美が笑っているのが聞こえてくる。片山は席を離れて、少し歩き回ることにした。

むろん、捜査一課のことで、何人かの刑事は残っている。ここにいなくても、外で張込みをしている者もあるわけだ。

「——もう年齢《とし》だ」

と呟きながら、腰をトントン叩いたりしていると、カタカタと音がして、ＦＡＸから手紙が送り出されて来た。

おい……。まさか……。

あの丸っこい文字が見えて、片山はため息をついた。——全く、何してるんだ！

直接電話して、叱ってやらなきゃだめかもしれないな。

手紙がピッと切れて送り出される。片山はそっと周囲を見回してから、それを手に取った。

片山は、手近な空いた椅子に腰をおろして、手紙を読んだ。

〈返事ありがとう！

私のＦＡＸを読んでくれただけで嬉しいのに！

心配させて、ごめんなさい。明日は学校休みです。本当よ。この間の日曜日、学校行事があったから、その代休。

行事って何だったと思う？〈学校創立者をしのぶ会〉っていうの。私が生れる三十年も前に死んじゃった人を、どうやってしのべばいいのかしらね？

それでもみんな初めは神妙《しんみよう》な顔《かお》して、今の校長先生のお話を聞いてたけど、その内、一人眠り、二人眠り、とうとうほとんどの子が眠っちゃった。後で、担任の先生にこっぴどく叱られたわ。

でも、校長先生のお話を聞いてると分るの。校長先生だって、創立者のことをちっとも尊敬してないってことが。一応、教えを受けた人なんだけど。

嘘の話を熱心に聞くなんてこと、できないわよね。眠っちゃったって仕方ないって、私、思ってた。でも、もちろんそんなこと誰も言わないけど。

私って、何を書いてるんだろ？

片山さん、こんなことちっとも関係ないのにね。

話す相手がいないからかも、きっと。

今、お父さんはニューヨーク。もう何カ月も行ったきり。私の部屋にＦＡＸを入れてくれたのも、お父さんがときどき手紙を書いて送ってくれるため。お母さんは昨日からお友だちと温泉に三泊四日で行っています。何のお友だちだかよく知らない。お母さんにはお友だちが沢山いるの。

で、私は今、家で一人です。一人っ子だって、言ったっけ？

寂しいってことはないわ。慣れてるもの。でも、学校でどんなに面白いことがあっても、話す相手がいない。

お母さんが帰って来たら話そうと思うけど、そのときには忘れちゃうの。忘れないようにメモを取ってたこともあるけど、話そうとしたらお母さん、二時間電話のかけっ放しで、全然聞いてくれなかった……。

ごめんなさい！　忙しいのにね、こんなもの読ませて。

もう寝るわ。お邪魔しないからね。

おやすみなさい！

ミカ〉

——長文のＦＡＸを読み終えて、片山は少しためらっていたが、石津がまだ晴美と電話でしゃべっているのを見ると、その机から白紙とサインペンを出して、手紙を書き、ＦＡＸでミカの所へ送った。

〈またＦＡＸをくれるのなら、別の番号（××××—××××）に。これは内部用の

ＦＡＸだから。今までの番号は外から入って来るので、何か急な連絡のときに困ることがあるといけない。

ＦＡＸを読むぐらいの時間はあるよ。〉

——時間はある？

やれやれ……。片山は、やっと席へ戻った石津と入れ替りに自分の机へ。

「おい、晴美、何か言ってたか？」

と、片山に訊かれて、石津は、

「はあ。『おやすみなさい』と。いつものやさしい声で」

と、ニヤニヤしている。

「そうか……」

帰ってから訊こう。

片山は首を振って、太川の検死報告を改めて読み始めた。

俺は、こんなに酒が強かったのか。

村井貞夫は、自分で感心していた。——あれだけ飲んで、ちっとも酔ってない。こんなことがあるのか？

——しかし、風は冷たく、身を切るようで、まるでアルコールは体を芯《しん》から凍らせてでもいるようだった。

寒い……。それなのに、俺は歩いている。

タクシーの一台くらい拾って乗って帰ればいいようなものだ。それなのに、俺は歩いている。

暗い道を。――寒風の中では、家への道は倍も長く感じられた。

村井には分っていた。自分がわざとこうしているのだと。

敏江は家にいるだろうか？　確か、心理療法だかのカウンセリングを受けているとか言っていた。それはまあ、嘘じゃあるまい。

――村井は、あの瀬川という男のことを何もかも敏江に暴《あば》いてやったことで、理屈に合わない後ろめたさを覚えていたのである。

敏江を苦しめて喜んでいるわけではなかった。本当のことを知って、敏江がドラマの中みたいに、すぐに自分の間違いを悔いて詫びてくるとは思わなかった。

本当のことを知らされると、人は却ってそのことで相手を恨むものだ。

――まあいい。その内、分るときが来るだろう。

道は、街灯もろくになくて、暗い。じきに川を渡る。もちろん橋を通るのだが、いつも気付かずに歩いていて、ふと足下から包み込むように聞こえてくる水音で、それと気付くのだ。

そう……。聞こえて来た。

車が一台通り過ぎて、そのライトに橋が一瞬浮かび上った。思いがけないほど近い。

村井は橋の上で一旦足を止めた。手すりから下の流れを見下ろしたが、ただひそやかな水音が立ち上って来るだけで、流れは真黒な夜の底に沈んでいる。

そうして水音に耳を傾けているのが、今の村井にとっては何だか気持の休まることだった……。

車のライトがパッと村井を照らし、まぶしさに目を細くする。

その車は走り抜けて行くかと思うと、橋の少し手前で一旦停った。——何してるんだ？

エンジンの音は聞こえていた。

何だかそれは攻撃を前に唸り声を上げている猛獣のようだった。

スッとライトが消えて、それからもう一度点くと、車は一気にエンジン音を高めて走り出した。

村井は、ライトが自分の方へ真直ぐに向ってくるのを見た。——これは何だ？

ほとんど何も考えない内に、体の方が反応していた。村井は、選ぶ間もなく、手すりを越えて、暗い流れへと身を躍《おど》らせていたのだ。

ギーッと手すりをこすって車が駆け抜けて行く。

しかし、その音は冷たい流れの中へ突っ込んだ村井の耳には届かなかった。

〈片山さん。ありがとう。

この番号で、いいのね？

まだ寝ていません。女の子は、寝るにもそれなりの仕度がいるんだから！

さっきのＦＡＸを読み返して、恥ずかしくなっちゃった！　破って捨てて下さいね。

私は一人でいる夜には家中の明りを点けるのよ。用心のため、ってこともあるけど、それだけじゃない。どこか真暗な所があると怖いから。

本当はとっても怖がりなの。こんなことを話すのって、片山さんが初めてかな。

今夜も、隅から隅まで明りを点けて回ったわ。お風呂もトイレもね。一晩中つけっ放しにするから、電気代がもったいないって思うけど、でもそうしてると、誰かがいてくれて、一人じゃないような気がするの。

明るい居間やダイニングを覗き込むと、そこにお母さんがいるようで……。

でも、今夜は大丈夫。ＦＡＸの機械を見ていると、この向うに片山さんがいる、って気がするから。

さ、今度こそ、おやすみなさい。

ミカ〉

村井は夢中で、手に触れたものにつかまった。

——幸いそれは川べりへ上るはしごの一部だった。

自分でも信じられないような幸運だったが、ともかく、それをよじ登る間は、とてもじゃないが自分が「幸運だ」などとは思えなかった。

水を飲み、むろんずぶ濡れで、体は重かった。夢中だったからこそ、這《は》い上《あが》れたのだろう。

やっと土手へ上ると、村井は飲んだ川の水を吐いた。

その場にうずくまり、身動きさえできない。風は冷たく、濡れた身にはことさら刺すようだが、ともかく胸の苦しさ、痛みがいくらかでもおさまるのを待つしかなかったのである。

あれは……。あれは何だったんだ？

あの車は、幻でも何でもない。本当に俺をひこうとした。はっきり俺に向って来た！

しかし、一体誰が？

すぐに、敏江の顔が浮かんだが、車の運転などできない。では——瀬川か？

敏江が、瀬川をたきつけて夫を殺そうとしたのだろうか？

それは一つの考えだった。しかし、ともかく何とか逃げられたのだ。

家へ……。家へ帰ろう。このままでは凍《こご》え死《じ》にしそうだ。

立ち上るのがやっとだった。歩けるだろうか？　一歩、また一歩、と踏み出してみると、何とかよろけながらも歩けそうだ。

敏江が、夫の顔を見てどんな表情を見せるだろうか。

村井は、何とか元の道まで戻った。

あとは何とか……。何とかなる。

歩き出した村井は、車のライトに正面から照らされて足を止めた。

そのライトの片方は砕けていた。

村井は、立ったまま動けなかった。——もう、とても動けなかった。

車が、牙《きば》をむいてやって来た……。


敏江は、フッと顔を上げた。

「——あなた？」

玄関で物音がしたようだったのだ。

それとも、気のせいだったのだろうか。

台所で、テーブルに伏せて眠ってしまっていた敏江は、立ち上ると少しめまいがした。

玄関へ出てみたが、夫の靴はない。では、まだ帰っていないのだ。

ドアの外に、かすかに足音らしいものが聞こえた。

敏江は、

「あなた？」

と、声をかけて、サンダルを引っかけると、ロックを外し、ドアを開けてみた。

冷たい風が吹きつけたが、そこには誰もいなかった。だが——足下に何かが落ちている。表札？　どうして落ちてしまったんだろう。

かがみ込んで拾い上げた敏江は、玄関の明りの下でその表札を見て、ドキッとした。〈村井貞夫・敏江〉という文字の、〈貞夫〉だけが、赤いサインペンらしいもので、消してあったのだ。

〈ミカ君へ
僕も、もう帰るよ。

家には妹も猫も待っていて、いや、別に待っちゃいないかもしれないけど、ともかくいてくれる。

早くお母さんが帰って来るといいね。

片山義太郎〉

14　シルエット

　瀬川は、待ち合せた喫茶店へ入って来て、敏江が先に来ているのを見付けると、ホッとしたような笑顔を見せた。

「――やあ！　早かったんだね」

　と、席について、「まだ約束の時間に十分あるぜ」

「そうね。用事が結構早く片付いたの」

　と、敏江は言った。

「そうか。僕もね、インタビューの仕事が割合早く終って……。じゃ、もう出るかい？」

　と、腰を浮かしかけている。

「悪いわよ、お店の人に」

「ああ。――そうだね」

　と、大して気のない声になって、「コーヒーね」

　と、注文した。

「ブレンドでよろしいですか」

と、水を持って来たウエイトレスが訊く。

「ブレンド。——それが安いんだろ？　うん、それでいい」

瀬川は息をついた。「どうした？　くたびれてるようだね」

「寝不足なの、この二、三日」

と、敏江は言って、バッグを開けた。

瀬川が座り直して、

「悪いね、本当に——」

と言いかけたが、敏江がコンパクトを取り出すのを見て言葉を切った。

「疲れてると、お化粧ののりも良くないの」

と、軽く顔をはたいて、「今日は忙しいのよ。すぐ帰らないと」

瀬川は拍子抜けの様子で、

「そう……。残念だな。楽しみにして来たのに」

「ごめんなさい」

「いや、いいよ。それより、忙しいのにわざわざ出て来てくれたのが嬉しい」

「そう言ってくれると気が楽だわ」

「何だよ、おい。僕らの仲じゃないか。何でも気軽に話し合える、そうだろ？」

「そうね」

瀬川は咳払いして、

「それで……。この間の件だけどね」

「頭痛薬、持ってる？」

「え？」

「バファリンとか……。寝不足のせいか、頭が痛いの」

「あ……。いや、今はちょっと――」

「いいの。もしあれば、って思ってね」

敏江は息をついて、コーヒーが来ても、さっぱり口をつけない瀬川を眺めていたが、

「――私、先に帰るわ」

と言った。

瀬川があわてて、

「な、敏江……。君、何しに来たか忘れてるんじゃないか？　だって、ゆうべ電話で……」

「あら、そうだった！　いやね、年齢《とし》とると、忘れっぽくなって」

と、敏江は笑った。

瀬川が汗を拭って、

「良かった！　本当に忘れられたのかと思ったよ」

「だって、困るんでしょ、いくらかないと？」

「ああ……。いや、本当に君には申しわけないと思ってるんだよ」

瀬川の目は、バッグから封筒を取り出す敏江の手をじっと見つめていた。

「運が悪かったのよ」

「そう。本当にね。運がなかった！　そうなんだよ。でも、僕は必ず立ち直る。そしたらきっと君を迎えに行くよ」

「嬉しいわ。――そんなことを言ってくれるのはあなただけ」

敏江が封筒をテーブルに置いた。

「すまん。――じゃ、借りるよ。きっと返すから」

「中をちゃんとあらためてね」

「しかし――」

「こういうことは、きちんとしておかなくちゃ」

「分った」

瀬川は封筒の中身を取り出して――。

敏江は、じっと穏やかな表情で瀬川を見ていた。瀬川が同棲中の女とクラブの前でキスしている写真である。

「敏江――」

「私が頼んだんじゃないのよ。主人がね」

「そうか。君は怒ってるんだな。しかし、こんな女は何でもないんだ。前、よく行った店のなじみの子だ。ふざけてこんなことしてるだけさ。珍しいことじゃないだろ」

「同棲中でも？」

瀬川は、いまいましげにタバコを取り出すと火を点けた。

「いいかい――」

「お客様、こちらは禁煙席でございますが」

ウエイトレスに言われて、瀬川はムッとすると、

「分ってる！　すぐ出るよ！」

敏江は笑って、

「可哀そうよ。あの人にかみついても仕方ないでしょ」

「敏江、僕は君の電話を信じて来たんだ。今日いくらか入れないと、大変なことになる。な、このことはまた改めて説明するから、ともかく今、いくらでもいい。貸してくれ」

瀬川は震えていた。

「――やめてよ。それ以上言われると、私が惨めになるわ」

「そんなこと言ってられないんだよ。君は知らないんだ、切羽詰まった状態ってのを」

敏江はゆっくり首を振って、

「信じられない。――あなたがあんなに輝いて見えたこともあったのにね」

と言うと、「私の方は、もう話すことないわ。だけど、あなたと話したいって方がいるのよ」

「え?」

片山と石津は、瀬川の傍に立った。

「瀬川朋哉さんですね。警察の者です」

と、片山は言った。「ちょっと伺《うかが》いたいことがあってね」

「僕は――」

と、立ち上りかけた瀬川の肩を石津がつかんで押えつける。

「――村井貞夫さんが殺されました。知ってましたか?」

と、片山は敏江の隣に座って言った。

「村井……。じゃ、敏江の旦那《だんな》が? 知りませんよ、そんなこと!」

「車にひかれてね」

「じゃ、事故じゃないんですか」

「何度もひいてるんです。明らかに初めから殺そうとしてやったことです」

「そうですか……。そりゃご愁傷《しゅうしょう》さま」

と、瀬川はふてくされている。

「三日前の夜、どこにいました？」

片山の問いに、瀬川の顔が段々《だんだん》青ざめてくると、

「やめて下さいよ！　まさか僕がやったと――」

「しかし、奥さんと親しい関係にあったわけですし、金にも困っていた。村井さんが死ねば、奥さんからもっと金も借りられるし」

「とんでもない！　どうしてそんな……。敏江とは大人の付合いですよ。そりゃホテルへも行ったけど……。遊びですよ。本気じゃない。旦那を殺すなんて、とんでもない！」

瀬川は額に汗を浮かべている。「敏江、何とか言ってくれよ！　僕がそんなこと言ったか？」

「私は少なくとも一時は、本当にあなたと逃げても、と思ってた。でも、あなたははなからそんなつもり、なかったのね」

「当り前さ。――君はもう若くないんだ。鏡をよく見ろよ。男が夢中になると本気で思ってるのか？」

敏江はやや青ざめたが、何も言わなかった。

「石津。同行してもらって、ゆっくり話を聞こう」

と、片山は言った。

「はい！　来な」

石津にえり首をぐいと引張られて、瀬川はあわてて立ち上ると、

「待ってくれ！　――勘弁してくれよ！　警察なんかに……。金を借りた奴らがどう思うか」

「そんなもん、知るか」

石津が有無《うむ》を言わさず瀬川を連れ出して行く。片山は、床に落ちたタバコを拾って、

「悪いね、汚して」

と、灰皿を持って来たウエイトレスに言った。

「いいえ」

ウエイトレスがニッコリ笑う。

片山は、敏江の方へ、

「少し冷汗かかせてやった方が当人のためです。でも、ご主人を殺したのはあいつじゃないと思いますよ」

「ええ、分っています。そんな度胸《どきょう》のある人じゃありません」

と、敏江は肯いて、「これを見て下さい」

バッグから取り出したのは、布にくるんだ表札だった。

片山は、赤い線で〈貞夫〉の名の消してある表札を見て、

「これは……」

「夫が殺されたすぐ後だと思います。誰かがやって行ったんです」

片山は厳しい表情で、電話へと走った。


「室田君だね」

と、事務の窓口から声がかかる。

相良一と一緒に外へ出ようとしていた室田淳一は、足を止めて、

「はい?」

と、窓口へ歩いて行った。

「あのね、受講料のことでちょっとミスがあって、五分くらいでいいんだけど、待っててくれる?」

と、窓口の向うでメガネをかけた男が言った。

「いいですよ」

と、淳一は肯いて、「ここにいればいいんですか?」

「うん。今、計算し直してるんで。すまないね。コンピューターの入力ミスで」

「いいえ」

淳一は、相良一の方へ、「先に帰っててていいよ」

と言った。

「もし、迎えの車が来たらね。それまでは玄関にいる」

一は手を振って廊下をせかせかと歩いて行った。

淳一は、事務の人も大変だな、と思った。

何しろ、夜の方が忙しいのだ。といっても、さすがにもう窓口もカーテンを閉めているのだが、中では残って働いている人もいるのだろう。

日曜日は休みどころか、平日に来られない子がドッと集中講義にやって来るし、定例の実力テストも日曜日だ。その結果は二日後には発表、そしてすぐに次のテストのための問題作り。

今の窓口の人も、何だかくたびれたような顔してたな。

みんな疲れている。――先生も、生徒も、事務の人も。いや、親たちだって疲れているのだ。

送り迎えがあるからというだけではない。ここの月謝を払うために、母親が夜、働きに出ているという家もある。安い金ではないのだ。

そんなに頑張って、誰が幸せになるのだろう？

淳一は、ブラリと成績掲示室へと入って行った。――自分の成績なんて見たくもなかった。テストでのライバルとなると、普段から仲が悪くて口もきかないのが当り前というのが、淳一には信じられない。それとこれは別。どうしてそう思えないのだろう。

「――遅いな」

と、淳一は呟いた。

もう他の子たちはみんな行ってしまったらしく、周囲はひっそりと静かだ。

すると、部屋の明りが消えて、淳一は戸惑った。


「――やあ、相良君」

――は、玄関の前で淳一を待っていた。

通りかかったのは、英語を教えている講師で、ここの専属の先生である。

「今晩は」

「一人？」

「お母さん、車で。――それに室田君が出て来るのを待ってるんです」

「室田君？　中で何してるんだい？」

「何だか事務の人に用があるからって言われて」

講師はいぶかしげに、

「事務はとっくに閉めてみんな帰ったよ。それに今夜は僕が戸締りを見て回る当番なんだ。中に人がいたんじゃ、困るよ」

「でも……」

と、振り向いて、一は中の明りが消えているのを見ると、「――大変だ！」

サッと青ざめ、

「来て下さい！」

と、講師の手をつかんで引張った。

「おい！」

一は中へ駆け込んだ。

「先生！　明りをつけて！」

と、一は叫ぶように言って、「淳一！　淳一！　気を付けろ！」

と、廊下を駆けて行った。

パッと明りが点く。――淳一が壁にもたれて立っていた。

「淳一！」

「逃げろ！」

と、淳一は言った。「危い！　早く逃げろ！」

一は、淳一がしっかりと押えた脇腹から血がにじみ出て来るのを見て、息をのんだ。

「先生！　早く来て！」

と、大声で呼んだ。「早く、救急車を呼んで！」

一は鞄を投げ出して、淳一へと駆け寄った。

「馬鹿！　早く逃げろよ！」

淳一は床に膝をついて、うずくまるように倒れた。

「淳一！」

「逃げろ……」

と、淳一はかすれた声で言った。

一は、そこに立っている男を見た。――いや、明りを背にしたシルエットでしかなかったが。

「貴様《きさま》！」

と、一は怖いのも忘れて、「殺してやる！」

と、男の方へ突っ込んで行った。

「よせ！」

と、その男が言った。「どうして、、、だ！」

講師が駆けつけて来る。

男は一を突き飛ばすと、廊下を一気に駆けて逃げて行った。

「赤いサインペン？」

と、晴美は言った。「それって……」

「だから来たんだ」

片山は、劇場の客席で舞台を眺めていた。

「あのポスター……。名前を書き直したのは赤いサインペンだったわ」

「そして有田が死んだ。村井貞夫が殺されて、表札がサインペンで直してあった。偶然とは思えない」

「でも……。同じ犯人だとすると——」

舞台では、野上恵利と丹羽しおりがちょうどやりとりをしていた。ホームズもソファの上で共演している。

「そこで猫、欠伸」

と、黒島が言うと、本当にホームズが欠伸をした。

ちょっとどよめきが沸《わ》き、写真のフラッシュが光る。

「何だ、あれ？」

「マスコミ入れての公開リハなの」

と、晴美は言った。「ホームズがスターになったら、私、オフィスを作ってマネージャーやろう」

「おい……」

「冗談よ、あのホームズがそんなことするもんですか」

と、晴美は言った。「ね、同じ犯人だとすると……」

「太川が殺されたことを考えると、三人死んでいる。その接点は――」

「あのクリニックのカウンセリング？　まさか！」

と、晴美は目をみはった。

「考えてみろ。太川が死んで、南原は部長になった。村井貞夫が死んで、敏江は夫から解放された。――有田の死は、本当の目的じゃないんだ。ポスターで直してあったのは誰の名前だ？」

「恵利だわ。もし恵利が死ねば……」

「たぶん、丹羽しおりが主役を手に入れるだろう」

と、片山は肯いた。「あのカウンセリングルームで、お互い話し合っている悩みのもとが取り除かれるわけだ」

「だけど……。誰がそんなことを？」

「分ってりゃ、ここにいない」

「それもそうか」

と言ってから、晴美はハッとして、「あの子！　相良一って子のライバルが――」

「分ってる。今、石津が例の塾へ行ってるよ」

晴美は舞台へ目をやって、

「そんな……。同情ぐらいはするかもしれないけど、他人のために人殺しまでする？」

「分らんよ。世の中、色んなのがいるからな。そういう奴がいてもおかしくない」

と、片山は言った。

バタン、と後ろの扉が音をたてて開く。

「静かにしてくれ！」

と、黒島が怒鳴った。

「石津さんだわ」

晴美が立ち上って、「ここよ！」

石津が駆けて来る。片山はその様子を見ただけで、何か起ったと知った。

「片山さん！」

「あの子か」

石津が肯いて、

「室田淳一って子が、塾の中で刺されました」

「それで？」

「救急車でN病院へ。急所はそれているそうですが、出血が——」

「行こう」

片山たちが急いで出て行くと、

「ニャーッ！」

と、ホームズが凄い勢いで駆けて来た。

15　侵《しん》入《にゅう》

車はKビルの前に寄せて停った。

ドアを開けようとした岩井則子に、

「外は寒いよ」

と、田口は言った。「ほんの少しでも、首のところ、暖くして行った方がいい」

「そうね。忘れてた」

則子はコートのボタンをとめ、傍らに外して置いたショールを首に軽く巻いた。「あなたといると、寒いのを忘れてしまいそう」

則子はそう言って、素早く助手席から田口の方に身をのり出してキスした。

「――ごめんなさいね、今夜は」

「仕方ないさ。緊急の用じゃね」

と、田口は言って微笑んだ。「先にアパートへ帰ってる。もし早めに帰れたら……」

「声をかけるわ」

と、則子は肯いた。「ただ、どれくらいの時間になるのか見当つかないのよ。何の用事なのかもはっきりしなくて」

「刑事なんだろ、その片山とかって人？」

「ええ。――何だか気の重いことでなければいいんだけど」

則子は田口と手を握り合った。「じゃ……行くわ」

「うん」

則子は、ドアを開けて外へ出た。

「そう風は強くないわ。それじゃ」

と、小さく手を振る。「行って」

「君こそ。冷えるよ。早く行って」

「いや。あなたの車が見えなくなったら行くわ」

田口は笑ってドアを閉めると、車をスタートさせた。

則子は手を振って、もちろん田口の方は後ろを向くわけにはいかないから、左手が動くのがチラリと目に入っただけ。

――さあ、行こう。

則子はKビルの方へと歩き出した。

本当は、今夜はカウンセリングのある日ではない。しかし、片山晴美から、「緊急にみなさんを集めてほしい」という連絡が入ったのだ。

ともかく「人の命に係ること」だというのだから、則子も言われた通りにしないわけにはいかない。——今夜は、あの同じアパートの住人、田口とデートのはずだったのだが、仕方ない。

夜間の通用口へと急ぎながら、則子はこの寒さも大して気にならなくなっている自分にびっくりした。いや、呆れたと言った方が正しいだろうか。

あなたといると寒いのを忘れてしまいそう……。まるで十代の女の子のようなセリフをよく言えるものだと我ながら驚く。田口豊が自分よりさらに年上で四十近く、離婚歴もあると知っていても、そんなことは田口に夢中になるのに何の障害にもならなかった。

夢中……。そう、確かに今、則子は田口に夢中になっている。

こんなにそばにいたなんてね。妙なものだ。同じアパートで、何度も顔を合せているくせに何も感じなかった。それが、一旦そういう目で見るようになると……。

恋って、そんなものなのかもしれない。

則子は、もう田口を自分の部屋へ迎えて朝まで一緒に過していた。——愛することの喜びを、初めて知ったような気がしていた。

夜間の通用口からビルの中へ入ろうとしてドアのノブに手をかけると、駆けて来る足音がして、

「あの、待って！」

と、若い女の声がした。

「え？」

振り向いた則子は、息を弾ませて立っている若い女性——たぶん二十四、五だろうか——を見て、

「何か？」

「あの……失礼ですけど、今、車でみえましたね」

則子は面食らって、

「ええ……。それが何か？」

「田口さんと一緒でしたね。田口豊さんと。私……。田口さんの下で働いています。事務をしています」

「そう。それで何か私に？」

「田口さんの恋人ですね」

則子はちょっと詰った。

「——プライベートなことだし、お答えする必要ないと思うけど」

と言うと、その女性は、

「いいえ。私にとっては大切なんです。重大なことなんです」

と、思い切ったように、「田口さんとは、もう一年以上の仲なんです。でも急にこころと冷たくなって……。きっと他に誰か好きな人ができたと気が付いたんです」

「待って。田口さんは独身よ。誰と付合おうと彼の自由でしょう」

「もちろん……。よく分ってます」

と、その女性は少し目を伏せがちにして、「私一人、泣いてすむのなら我慢もします。もともと、とてももてる人だし、そのことは承知で付合ってたんですから」

「ねえ、私はちょっと忙しいの。仕事があって。その話は改めてね」

構わずビルへ入ろうとすると、

「私、別れるわけにいかないんです！」

と、その女性が叫ぶように言った。「お腹に田口さんの子がいるんです」

――則子は、ゆっくりと振り向いた。


「あ、先生、今晩は」

夜間の受付の窓口からガードマンの中林が顔を出した。

「あら、今夜も？」

と、則子はショールを外しながら言った。

「ええ、本当は今夜、別の奴だったんですけどね。急に『デートなんだ。代ってくれよ』って。で、何て言ったと思います？　『お前はどうせヒマだろ』って。失礼な奴だ、全く！」

中林がむくれているのを見て、則子は笑ってしまった。

ノートに記入して、

「遅くなっちゃった。――じゃ、またエアコン入れといてくれる？　もしできたら」

「はい。もちろん、もう入れてあります」

と、中林はウォークマンのヘッドホンを耳にあてながら言った。

「ありがとう！　助かるわ」

本当に……。身も心も凍るほど寒いときには、本当に助かる。せめて部屋ぐらいは暖くしておかないと……。

エレベーターで八階へ上ると、〈Sクリニック〉のドアが開けてあって、もう照明を消された廊下に中の明りが洩れて来る。

「先生、ご苦労さまです」

と、受付の大岡紘子がやって来ると、則子のコートを預ってコート掛けに掛けてくれた。

「大岡さん、今日は大丈夫なの？」

「片山さんから特に言われまして。私にもいてほしいと」

「まあ、そう。――何ごとかしらね」

則子には、むしろ今は目新しいことが起きてくれることがありがたかった。

「今晩は。お邪魔して」

と、片山晴美がホームズを連れて出て来る。

「何があったんですの？」

「ええ、実は……。兄から話がありますので」

と、晴美は言った。

部屋へ入ると、丹羽しおりと村井敏江、そして相良一が座っている。

「南原さんにも来ていただくように連絡してあります」

と、晴美は言った。

「お兄さんは……」

「今こっちへ向ってると思います。じきに着くでしょう」

晴美は腕時計を見て、「でも、先生は何もご存知ないわけだし、簡単にお話ししましょうね」

「ええ……」

則子には、何のことなのか見当もつかなかった。しかし、警視庁の刑事がわざわざこうして自分の受け持っている人たちを集めるというのは、ただごとではない。

則子がいつもの椅子に腰をおろすと、晴美が事件のあらましを説明した。むろん、則子にとって、にわかには信じがたい話である。

「待って下さい」

と言ったのは、則子自身、どう考えていいのかよく分らなかったからで、「――じゃ、あの太川という人の他にも……」

「村井敏江さんのご主人が殺され、室田淳一君が刺されて重体です」

と、晴美は言った。「これに、劇団の稽古場が焼けたときのことを考え合せると、三回とも赤いサインペンで何かが訂正されています。これは偶然ではないでしょう」

「でも――」

「赤いサインペンでの訂正のことは全く公にされていないんですから。それを知っていたのは犯人しかいません」

則子はショックでしばし無言だった。

「――僕のせいだ」

と、相良一が力なく言った。「淳一が僕のせいで……」

「心配しないで」

と、晴美は少年の肩を軽く叩いて、「淳一君はあなたを恨んだりしてないわ。あなたがそうして自分を責めたら、淳一君に対して失礼でしょ」

相良一は、ちょっと面食らった様子で晴美を見て、

「そういう考え方もあるんだね」

と、感心したように言った。

「そう。年上の人間は、それなりにいいこと言うでしょ」

ホームズが、

「ニャー」

と、からかうように鳴いた。

受付の方で電話が鳴って、大岡紘子が出ると、すぐ部屋へ顔を出した。

「晴美さん、お兄様からです」

「はい」

晴美は飛んで行き、「——もしもし！　何してるの？　もうみんなみえてるわよ。——そう。分った、伝えとくわ。——じゃ、急いでね」

晴美は戻って来ると、

「室田淳一君は命をとりとめたそうよ」

と言った。

「やった！　——やった！」

相良一がその場で飛び上って喜ぶのを見て、則子はびっくりした。一がこんな風に感情を表すことがあるとは、思ってもみなかったのだ。

しかも——一は泣いていた。流れ落ちる涙を、拭おうともしていなかったのだ。

——受付に戻った大岡紘子は、机の電話で自宅へかけた。

いつもなら、決して私用で使うことなどしないのだが、今日のところは仕方ないだろう。

「——もしもし」

「あ、お母さん？」

と、聡子が出た。「留守電、聞いたよ」

「そう。ごめんね。急なことでね」

「いいよ。別に珍しくないじゃない」

「そうだけど……。できるだけ早く帰るからね」

と、紘子は小声で言うと、「用心するのよ」

と、さりげなく付け加えた。

「はあい」

聡子の声を聞いて、紘子は少しホッとすると、そっと受話器を戻した。

聡子は、母からの電話を切ると、窓の方へ歩いて行って、カーテンを少し開けた。

道の向いの街灯のそばに、コートのえりを立てた男が立っている。刑事だ。

もちろん、交替しているとはいえ、この寒い中、外で立っているのだから大変な仕事である。

聡子は、とりあえず夕ご飯は一人ですませてしまったので、先にお風呂へ入ってしまうことにした。

母が帰ったとき、聡子がお風呂に入らず待っていた、とか思われるのがいやだった。というより、母の方が気にするのだ。

明日は学校があるし、そう遅くまで起きてはいられない。

聡子は、お風呂場へ行くと、浴槽をサッと洗って、お湯を入れた。——十五分ほどで一杯になる。

居間へ戻ってTVを点け、見るともなく見ながら夕刊をめくる。

母には何も言っていないが、川北はまだ捕まっていないのだ。心配しているのも当然だ。もし、川北と会ったなんて知ったら、母は目を回してしまうかもしれない。

ああして片山さんが気づかって刑事さんをつけてくれているし（もちろん、川北を捕まえるためではあるが）、聡子は少しも心配していなかった。

いや、本当のことを言うと、劇場の座席に川北と二人でいたとき、全く記憶になくても、やはり血のつながった父と娘なのだから、何か体の奥底でわき上ってくるものがあるかと……。

期待と言っては不謹慎《ふきんしん》だが、ま、多少自分のドラマチックな境遇を楽しんでしまいそうなところもあったのだ。けれども、川北がいくらそばにいて、聡子に、

「お父さんだよ」

と言ったところで、聡子にとって川北はついに「よそのおじさん」以外の人間ではなかったのである。

聡子はいささかがっかりし、同時にホッとしてもいた。母に対して申しわけないと思わずにすんだのだから。

一人で看護婦をして聡子をここまで育ててくれた母のことを考えると、川北に「父親」を感じることなど、とんでもない話だと思えた……。

聡子は、立ち上って、もう一度ちょっと外を覗いた。

街灯のそばには人影がなかった。

刑事さん、どこに行ったのかな？——聡子は大して気にもせず、お風呂に入ろうと、浴槽へ入れるお湯を止め、服を脱ぎ始めた。

あ、シャンプー、切れてたんだ。

買って来てあったよね、確か。——下着姿で台所へ行くと、戸棚を開け、

「あった！　良かった」

シャンプー、リンスなど、「これが合う」という品にこだわる年代である。

新しいシャンプーを手に、戻ろうとして——。

「やあ」

と、川北が言った。

聡子は、反射的に胸の前に腕を組んで隠し、後ずさった。

「お父さんの前で恥ずかしがることはないだろう」

と、川北は笑って、「いや、もうお前も年ごろだからな」

青ざめている聡子を眺めて、川北はコート姿のまま、椅子にかけ、

「助かったよ。あの刑事の着てたもんがちょうど合って。以前はもっと逞《たくま》しかったもんだが……」

聡子は、必死に自分を落ちつかせた。——刑事さんがやられた！

どうしよう？　——ともかくこの格好では何もできない。

「服を……着たいの」

と、聡子は言った。

「いいとも。風呂へ入るところだったんだろ？　待っててもいいぜ」

「いえ……」

「用件を先にすました方がいいかもしれないな。じゃ、服を着て来い」

「はい……」

「逃げるなよ」

と、川北は言うと、「こ、これも刑事からもらって来た」

テーブルに、カタンと置かれたのは、拳銃だった。

聡子は、言われた通りにするしかなかった。

小さい家だ。電話なんかしたら、すぐ分ってしまう。

服を着て戻ると、川北は居間で夕刊を広げていた。

「――どうするの？」

と、聡子が言うと、
川北は新聞をたたんで、

「もちろん、母さんに会いに行くのさ」

と言った。

16　隠れた罪

「お待たせして」

と、片山は軽く会釈して言った。

「遅いわよ」

と、晴美がにらむ。

「これでも急いだんだ」

「片山さん、僕は……」

と、石津が入口に立って言った。

「その受付の辺りにいてくれ」

片山は息をついて、「南原さんは？」

「もうそろそろ——」

と、大岡紘子が言いかけたところへ、ドタドタと足早に、

「やあ、すみません！」

と、南原がやって来たのだった。

「お忙しいのにどうも」

と、片山が言うと、

「いや、実は会食の途中で抜け出して来たんです。またすぐに戻らなきゃいけないのですが――」

と、パッとコートを脱いでソファにドサッと座り足を組む。

その仕草が、以前の南原とは別人のようだった。

「――で、ご用件は？」

片山は、たて続けに起った事件のことを説明して、

「太川部長が殺されたとき、あなたの所に、何かそれを暗示するものが届きませんでしたか」

と訊いた。

南原には、明らかに思い当ることがある様子だった。まさか、という顔で、

「こんなことだとは……。大して気にもとめなかった」

上着から名刺入れを出すと、「この手紙が玄関に入ってたんです」

片山がそれを開くと、

「〈正誤表〉？　――ワープロで打った字だな」

晴美も覗き込んだ。ホームズも。

訂正だ」

「〈誤〉が〈太川部長〉で〈正〉が〈南原悟士部長〉ですか。——これはまるで本の誤植の

その紙はみんなの手を一巡した。

南原は、手紙を見付けたときの状況を説明して、

「武村社長から話があったすぐ後ですからね。まさか、会社の総務の奴がやったわけじゃあるまいとか……。考えても分らないんで、気になって持っていたんです」

「——分らないわ」

と、則子が呆然として、「どうしてこんなことが？　——犯人は、ここでのみんなの話を知っているってことじゃありませんか」

「そういうことになりますね」

と、片山は肯いた。

「でも……。ここでの話は絶対に外へは洩らしていません」

と、則子は言った。「私の義務ですから。決して口外していませんわ」

「それはそうだろうと思います」

と、片山が肯く。「そうなると……」

南原が肩をすくめて、

「この中に犯人がいるっていうんですか？　結構！　お礼を言いたいようなもんだ。僕は本

来ならとっくに手に入れていて良かったものを、やっと手にした。しかし、自分で手は下していませんよ」

と言って、他の面々を眺め、「ねえ村井さん、あなたも、ご主人が亡くなって、これで晴れて恋もできる。相良君もトップに返り咲ける。我々はそう願っていたんだろう?」

敏江は、相良一と顔を見合せた。まるで大人同士のように。

「――夫は確かにひどい人だったかもしれません」

と、敏江は言った。「愛してもいなかった。でも――それと、夫を死なせることは別です。ただ離婚すれば良かったんです。私にそう言い出す勇気がなくて……。一人で生きていく決心がつかなかった。夫は夫で、私への不満もあったでしょうに……」

「僕も、トップになんかなれなくたって良かったんだ」

と、一が言った。「一生は長いんだもの。トップになり続けてることなんて、できっこないんだもの」

「なるほど。――どうやら『訂正』してもらって満足しているのは僕だけのようだな。――おっと」

携帯電話が鳴って、南原はポケットから取り出す。「――はい、南原。――ああ、今から戻るよ。――うん、それで後の手配は――。もしもし? もしもし!」

雑音が入って、南原は舌打ちした。一旦切ってかけ直す。

「——もしもし！　俺だ。聞こえるか？　——畜生！」

そのとき、ホームズがパッと顔を上げ、南原の方へ駆けて行った。

「何だ？　——あの、すみませんがね、僕はもう行かないと」

南原は立ち上って、「じゃ、これで」

と一言、足早に出て行ってしまった。

「お兄さん。ホームズが……」

「うん。——南原の電話が使えなかったのは……」

ホームズが、南原の座っていたソファのシートの合せ目に顔を寄せ、前肢の爪を立てると、布を引っかけてバリバリとはがした。

片山たちは急いで駆け寄った。


「すみません」

と、江田ミカは声をかけた。

窓口の奥で、ヘッドホンをかけ、じっと聞いていた中林は目を上げ、

「何だい？」

と、ヘッドホンを外して訊いた。

「あの——片山さんに呼ばれて来たんですけど。江田ミカっていいます」

「片山さんに？」

「刑事さんです。ここのクリニックにいらっしゃるって……」

「ああ。それじゃ八階だ。一応このノートに名前を書いて」

と、中林はノートを窓口の所へ出した。

「あ、書くものありますか？」

中林がボールペンを渡し、ミカが名前を書こうとすると、

「失礼するよ！　急ぐんでね！」

と、中から南原が出て来て、通りすがりにミカにぶつかった。

「あ！　――ペンが」

ミカの手からボールペンが落ちて、どこかへ転って行ってしまった。

「持って来てあげるよ」

と、中林が言って、奥の戸棚へ行き、備品の引出しを開けた。

少し捜して、黒のボールペンを見付けると、

「――これを使って」

と戻って来たが――。

ミカが、中林のヘッドホンを面白がって手に取り、耳に当てていた。そして眉をひそめると、

「――何聞いてるんですか、これ？」

片山と晴美は、ソファの縫目《ぬいめ》を裂くと、中を覗いた。

「何かある？」

片山はクッションの詰めものの間を手で探った。何か固い物に触れる。引っ張ると、コードでつながった小さな箱も出て来た。

「それって……」

「マイクだ。それと発信装置」

と、片山は言った。「これで、南原の電話に雑音が入ったんだ。——誰かがここでの話を聞いていた。そして、みんなの人生を『訂正』しようとしたんだ」

「でも、誰が？」

則子が立ち上った。そして青ざめた顔で、

「——あの……ヘッドホン……」


南原は、急ぎ足で表の通りへ出た。

「何だっていうんだ！」

と口走る。

俺は自分の力で部長になったんだ！

それのどこが悪いっていうんだ？　太川が死んだのは俺のせいじゃない。そうだとも！

南原は、タクシーを停めようとして道端に立った。――食事の途中で抜けて来たので、社の車を出さなかったのである。

タクシーだ。しかし、乗っている！

舌打ちしていると、そのタクシーがスッとすぐそばへ寄せて停ったのだ。

ここで降りるのだ。――よし、ツイてるぞ！

南原は急いでそのタクシーに駆け寄った。

「おい、乗せてくれ！」

と、声をかけると、中からコートを着た大柄な男と、若い娘が出て来た。

「や、失礼――いいんだね？　乗せてもらうよ」

と、南原は言った。

「だめだ」

と、男が言った。

南原はもう片足を車の方へかけていた。

「だめって、どうして？」

「また使う。待たせているんだ」

「いいじゃないか、また拾えば！　金は払うよ。ほら！」

南原は財布を出した。「いくら？　――五千円もありゃいいんだろ？　急ぐんだよ、こっちは」

男は、冷ややかな目で南原を見た。

「金はいらん。俺のタクシーだ」

「何だって？　分らん奴だな！」

南原は、娘の方が怯《おび》えた様子でいることに初めて気付いた。――この男は何だ？

「やめて！　お父さん、やめて！」

と、娘が叫ぶように言った。

南原は、冗談かと思った。だって、いくら何でもタクシーに乗るかどうかで拳銃なんか出すか？

「おい、いい加減に馬鹿はよせよ」

と、南原は言った。「分ったよ、あんたのタクシーだ。俺は次を待つよ」

「馬鹿だと！　俺のことを馬鹿と言いやがったな！」

男が体を震わせる。そして――拳銃が火を噴いた。

南原は、胸にハンマーで殴られたような痛みを覚えてよろけた。――何だ？　どうしたんだ？

娘が悲鳴を上げた。タクシーはバタンとドアを閉めると、一気に走り去ってしまう。

南原はよろけた。胸に手を当てると、ヌルッと生《なま》あたたかいものが手を濡らす。

血？　――血が出てるのか？

「おい……」

と、南原は言った。「冗談だろ？」

俺は部長なんだ。そうだ。部長なんだぞ。誰の力も借りちゃいない。自分の力で部長になったんだ。

こんなことで――こんな所で撃《う》たれるなんてことがあるはずないじゃないか！

誰か……。俺には部下が大勢いるんだ。誰か来い！　俺の代りに――死んでくれ！　俺は部長なんだ。死ぬわけにいかないんだ！

突然、南原の意識は途切れた。TVのリモコンのスイッチを押したかのように、一切の視界も、記憶も、消えてしまった。


片山たちはエレベーターで一階へ下りて来ると、急いで夜間通用口へと向った。

「あの部屋での話をずっと聞いてたとしたら、逃げ出してるわよ」

と、晴美が言った。

「ともかく確かめることだ」

と、片山は言って、「おい、晴美。お前はここで待ってろ。万一、武器を持ってて抵抗すると危い」

「でも……」

「石津と行く」

でも、一人で待っているのは晴美の趣味じゃない。

やっぱり、兄やホームズの後から少し遅れてついて行ったのだった。

「――どう？」

と、窓口の方を覗くと、

「いない。――逃げたな」

片山はヘッドホンを取り上げて、コードをたぐった。――先端がつながっているのは、カセットレコーダーではなく、黒い小型の箱だった。

「受信装置か。やっぱりだ」

そこへ、岩井則子もやって来た。

「ごめんなさい。じっとしていられなくて」

「いや、やはりあのガードマンです。これで部屋の話を聞いてたんだ」

「中林君が……。どうしてそんなことを……」

則子はまだ信じられない様子だった。

「石津、このビルの管理会社に連絡を取って中林の住所を調べてくれ」

「はい」

石津がとりあえず管理室の引出しを捜し始める。

「中林君、たぶん車で来ていましたわ」

と、則子が言った。「一度見たことがあります」

「見れば分りますか？」

「たぶん」

則子は肯いて、「駐車場、出て左へ回った所です」

片山と則子は外へ出て、ビルのわきの方へと回った。則子が足を止めて、

「これだわ、たぶん」

片山は、その車に近付いて中を覗き込んだ。——車があるということは、まだビルの中にいるのだろうか。

「この車で村井さんのご主人を？」

と、則子が言った。

「いや、あの車は盗難車です。初めから殺すつもりだったんですよ」

「分らないわ！　あんなに気持のやさしい子が……」

と言ってから、則子は苦笑した。「だめですね、カウンセラーがこんなこと言ってちゃ……。結局、人の心は分らないってことだけが分ってるんだわ」

「誰にでも、その年齢だけの過去がありますからね」

と、片山は言った。

「お兄さん！」

晴美が駆けて来た。ホームズも一緒だ。

「どうした？」

「今、ホームズがカウンターの上にノートが開かれたままなのを見て……。ほら、これ」

駐車場を照らす明りにノートを掲げて見ると、一番最後に書かれているのは、〈江田ミカ〉の名だった。

「そうか。あの子も呼んでたんだ。しかし——上に来なかったぞ」

「記入した時間を見て」

「まだ数分しかたってない……」

片山は青くなった。「もしかすると——」

「中林と一緒？」

「車がここにあるんだ。戻ろう！　中林は近くにいるぞ」

片山たちが通用口へ戻ると、石津が出て来るところだった。

「片山さん。今、誰か来ましたか？」

「何だって？」

「足音が――。出たんじゃなくて、入って来たみたいだったんですが」

「どうして止めなかったんだ」

「ちょうど電話連絡が入っていて。――あの、大岡聡子につけてた刑事がやられていたそうです」

「やられた?」

「殴られて重傷です。川北がやったらしいですね」

「じゃ、大岡聡子は?」

「家にはいません。片山さん。川北は――拳銃を持って行きました」

片山はため息をついた。

「畜生、どうして一度に色々起るんだ!」

「怒っても仕方ないでしょ」

と、晴美は言った。

片山は、とりあえず応援を待って、このビルの周辺を固めてから中を捜索することに決め、石津に連絡させると、

「そうだ。上のみんなは帰した方がいい」

「そうね。私が行くわ」

「待て。――岩井さん、このビルの夜間の出入口はここだけですね」

「そのはずです」

しかし、中林はここのガードマンなのだ。他の出入口も、その気になれば使えるだろう。限られた人手では、中林を捜すよりもみんなを危険から一刻も早く遠ざけることが先決である。

「一旦上に行く。石津、ホームズとここを見ててくれ！」

片山は晴美と岩井則子を伴ってエレベーターへと急いだ。

「――殺人犯？　大岡さんのご主人が？」

エレベーターの中で、則子は川北のことを聞いて目を丸くした。

「今、逃亡中なんです」

と、晴美が肯く。「聡子さんを連れて行ったとしたら……」

「ともかく母親に話をしないと」

片山には気の重い仕事である。聡子の頼みだったとはいえ、今まで黙っていたことを責められれば言いわけのしようがない。

八階に着いて、クリニックのドアが閉っているのを見ると、

「あら、私、開けて出たと思うけど」

と、則子が言った。

片山は足を止めて、

「待って！」

と、手で他の二人を押えた。

「お兄さん――」

「もしかすると……。退《さが》ってろ」

片山は拳銃を抜いた。

「まさか……」

則子が青ざめて、「みんなが中にいるんですよ」

「危いわ、退りましょう」

晴美が、則子の肩を押えてドアから離れた。

片山は深呼吸すると――石津を連れて来りゃ良かった、と思った！

ドアが向うから開いた。

「片山さん」

大岡聡子が立っていた。

「良かった！　無事か」

あんまり良くはなかった。

聡子の後ろからヌッと現れたのは川北で、しかも手にした拳銃は、聡子の肩越しに片山へ向けられていたのだ。

17　駆《か》け巡《めぐ》る

「刑事さんだね」

と、川北は言った。「どいてくれ。俺はこの子を連れて行く」

「だめだ」

「だめってのは、どういうことだ？」

「ここから出るわけにはいかない。もうこのビルは囲まれてる」

と、片山は言った。

川北がちょっと笑って、

「出まかせはよしな。どうして今、俺を初めて見たのに手配できたんだ？」

と、軽く銃口を振って、「どいてくれ。それとも、この子を撃つつもりか？」

「あんたのことを手配してるんじゃない。今、殺人犯がこのビルの中に潜んでる。だから応援が駆けつけて来るところだ」

片山はもちろん怖かった。しかし、今は聡子の身の安全が第一だ。

「でたらめもいい加減に――」

と言いかけて、川北は言葉を切った。

遠くからサイレンが近付いて来る。

「どうだ、嘘じゃないだろ」

「なおさら急がなきゃな、銃を捨てろ」

言われた通りにするしかない。片山はそっと床に拳銃を置いて、

「その子は放せ。連れて逃げられないぞ」

「馬鹿言え。何のためにここへ来たと思ってるんだ」

則子がハッとして、

「大岡さん！　紘子さんは？」

と、前へ出た。

「危い！」

と、晴美が止める。

「お母さんは大丈夫」

と、聡子が言った。「奥の部屋にいます。他の人たちと……」

「ちょっと話があったのさ。聡子、行くぞ」

と、川北が促した。

聡子は片山を見ていたが、チラッと目を伏せて、川北と一緒にエレベーターの方へ歩き出す。

「動くなよ」

川北は片山の拳銃を遠くへ蹴とばすと、エレベーターのボタンを押した。八階に停ったままだったので、すぐに扉が開く。

聡子が乗って、一階のボタンを押す。

「下手な真似すると、この子を殺して、俺も一緒に死ぬぜ」

と、川北が言って、〈閉〉のボタンを押した。

扉が静かに閉る。その瞬間、聡子は川北を突き飛ばした。川北がよろける。

聡子は体を横にして、閉ってくる扉の間を一気にすり抜け、床へ身を投げ出した。

「聡子！」

川北の声が響く。が、次の瞬間扉は閉って、エレベーターは下り始めた。

「よくやった！」

片山が駆けつけて聡子を起すと、「晴美、この子と他の人たちを連れて隠れろ！　戻って来るかもしれない」

「分ったわ」

と、晴美が聡子の肩を抱いて、「でも、お兄さん――」

「何だ？」

「下で石津さんとホームズが待ってるわ。川北と出くわしたら――」

そうだ。まさか川北が下りて来るとは思っていないだろう。

「階段で行く！」

片山は駆け出して拳銃を拾うと、階段を猛然と駆け下りて行った。

「気を付けて！」

晴美は声をかけたが、もう階段の方からは、ダダダッという音と、

「いてっ！」

という声が聞こえて来た。

「大丈夫かしらね、あれで」

と、晴美は首を振った。

そのとき、大岡紘子がクリニックから出て来た。

「聡子！」

「お母さん。――大丈夫よ、私」

聡子はしっかり肯いた。

則子が、

「三人を連れて来ます」

と、中へ入って行く。

紘子と聡子はしばらく見つめ合って立っていた。

「聡子、私は……」

「私の親は、お母さんだけよ」

と、聡子は言った。

晴美は母と娘が手を取り合うのを見ていたが、則子が村井敏江、相良一、丹羽しおりの三人を連れて出て来ると、

「さ、急いで。どこへ隠れたら?」

則子が少し考えて、

「この下の階に給湯室が。そこなら鍵もかかるわ」

「じゃ、行きましょう」

と、晴美が促す。

「中林君はどこへ行ったのかしら」

と、則子が階段を下りながら言った。

「あの子が犯人なんて……」

と、大岡紘子が信じられない様子で、「とても思いやりのある子だったのに」

「思いやりが過ぎたんですね」

と、晴美は言った。「もしかすると、女の子を人質《ひとじち》に取ってるかもしれないの」

「私――」

と、聡子が足を止めた。

「どうしたの？」

「あの人――川北と上って来たとき、エレベーター、一番上の階で停ってたわ」

「一番上？」

「ええ。〈R〉の階で」

「屋上だわ」

と、則子が言った。「あなたと片山さんが下へ行き、それから私、じっとしてられずに後から下りて……。エレベーターは一階にいたはずね」

「でも、私たちが上ろうとしたときは〈R〉に……」

「その間に誰かが〈R〉まで行ったんだわ」

と、晴美は上へ目を向けて、「それじゃ……」

「中林君たち、屋上にいるんだわ」

と、則子は言った。

片山が一階まで下り着いたとき、心臓は破裂しそうだった。

上りじゃないから少しは楽かと思ったが、とんでもない話だった。

「石津！　――ホームズ！」

フラフラと駆けて行くと、もうエレベーターは一階に着いてしまっている。

「石津！」

と、ハアハア喘《あえ》ぎながら呼ぶと――。

「何ですか？」

と、石津がヒョイと出て来た。

「――お前、無事か？　足はついてるか」

「ええ、一応。今、パトカーが三台駆けつけましたから、とりあえず表と裏に分れてもらいました」

「そうか……」

片山はその場にへたり込んでしまった。

「片山さん！」

石津がびっくりして、「お腹が空いたんですか？」

「大丈夫だ……。ホームズは？」

「今までそこに……。あれ？」

「ニャー」

と、鳴き声がして、ホームズが正面のロビーの方から戻って来る。

「誰か出てったんだな？　畜生！」

片山は流れる汗を拭って、「一足違いだろう。川北が逃げた」

「どこからです？」

「後で説明する」

片山は、ともかく口もきけないほどくたびれていたのである。

そのとき、どこかで電話の鳴る音がした。

「あの窓口らしいですね」

石津が駆けて行く。片山はやっとの思いで立ち上ると、歩き出した。

「――片山さん！　晴美さんです」

「ああ……。もしもし、俺だ。どうやら川北は逃げた。――何だって？」

「中林はたぶん屋上にいるわ」

片山は一瞬、また階段を上るのかとゾッとしたが、今度はエレベーターが使えると思い当ってホッとした。

「屋上か。――分った。行ってみる」

「気を付けて。私も行くわ」

「いや、大勢行くと中林を刺激するかもしれない。大丈夫だ」

片山は電話を切ると、「――石津、こっちを頼むぞ。ホームズ、行こう」

「ニャー」

ホームズが、「大丈夫?」という顔で片山を眺めていた。


「――またパトカーが来た」

と、中林が言った。「寒いかい?」

「少しね」

寒いわけだ。屋上なんて、吹きさらしである。

「江田……ミカ君だったね」

と、中林は穏やかな口調で言った。

「そう……」

「僕は人の名前とか顔を憶えるのが得意なんだ」

中林は、手でナイフをもてあそんでいる。

刃が時々キラリと光って、ミカはその度《たび》にゾクッとした。

屋上の隅。――排気用のダクトが並んでいる所に、二人は腰をおろしていた。

「君のことも、どこかで見たような気がするんだけどね」

と、中林は考えていたが、「――ああ! そうか。あのとき地下鉄に……」

「え？」

ミカは目を丸くした。突然思い出したのだ。

この顔を見ていたことを。ほんの一瞬だったが。

「あのときの女の人？」

「どうだい？　上手に女装してたろ？　ああいうのって、好きで研究してるんでね。女装が好きなんじゃない。人の目を騙すのが好きなんだ」

と、中林は楽しそうに言った。「休みの日とかに、女装して出かけるとね、よく男から声をかけられるのさ。『彼女、どこかにドライブしない？』とかね。しかし、あの『彼女』って呼び方はいやだね。『君』でいいじゃないか」

ミカは、中林を見つめて、

「どうしてあの人を突き落としたの？」

と訊いた。

「僕はね、とても運が悪かったんだ。昔からね……」

中林の目は遠くを眺めた。

パトカーのサイレンがまた一つ、近付いて来た。

「中学三年のとき、成績は学年でトップだった。高校入試も軽く志望校にパスするところだった。ところが、試験場に行く電車の中にスリがいてね、盗《と》った財布から金を抜くと僕の鞄の中へ入れたのさ。僕は何も気付かなかった。突然、着いた駅で捕まって駅長室へ引張られた。関係ないといくら言っても信じてもらえず、結局疑いがはれて放免されたのは昼近くだった。――もちろん受験はできなかった」

中林は、自分のガードマンの制服を見下ろして、「今こんな格好してると、自分でもあのときのことを思い出してゾッとするよ」

「気の毒だね」

と、ミカは言った。

「高校では陸上部にいて、ともかく走るのは速かった。ハードルで大会に何度も勝った。――三年生のとき、大きな大会があって、それに勝てば無試験で入れてくれるという大学が三つもあった。絶対に自信があったよ。記録からいっても、僕は一位になれるはずだった。ところが……」

と、中林は首を振って、「前の晩、コーチが学校から家まで車で送ってくれたとき、交差点で信号を無視したトラックが突っ込んで来た。コーチは重体、僕も足を骨折して、選手としては生命を断たれた」

中林は息をついて、

「この世に神様なんてものはない、と思ったね。何も悪いことなんかしてないのに、どうして自分ばっかりこんな目に遭うんだって嘆いたもんだよ」

と言った。「──寒い？　大丈夫かい？」

ミカは肯いた。寒いって言っても、帰してくれるわけじゃないだろう。

「──大学も結局、大したとこには入れず、就職したのも面白くも何ともない事務の仕事だった。もし、あのとき一位になっていたら、どこかスポーツで有名な企業に入れたんだろうけどね」

中林は、ちょっと笑った。「いや、ごめん、勝手に笑って。ここまで来ると、もうおかしくてね。入った会社が、何と三カ月で倒産しちまったんだよ。もちろん退職金も何もない。途方にくれてね。──で、今の仕事をしてるってわけだ」

風がまた少し強くなった。中林は、全く寒さなんか感じていない様子だった。

「ここの受付にいる内、クリニックでカウンセリングをしてると聞いて、どんな話をしているのか、聞いてみたくなった。マイクを仕掛けるのなんて簡単だ。何しろ夜の間ずっといるんだからね。──初めの内は話を聞いてるだけで面白かった。人の不幸を聞くのは楽しい。でも、聞いてる内に、他人事《ひとごと》とは思えなくなって来たんだ。みんな、『こんなはずじゃなかった』って人ばかり。『もしあのとき、こうなってなければ』ってね……。その気持が僕くらいよく分る人間はいなかっただろう」

「それで……」

「ある日、ふと本の〈正誤表〉を見て思ったんだ。人生だって、〈訂正〉ができるかもしれないってね。自分がこういう立場にいるのは、そのためなのかもしれない、って……」

「で、殺したの」

「ああ。――でも人間ってのは妙だね。素直に喜んじゃくれないもんだ。でも、いつかきっと僕に感謝してくれる日が来るさ」

ミカはじっと中林の、ほとんど無邪気と言いたいような表情を見ていた。

「――悪かったね。君にすっかり寒い思いをさせてしまった」

「でも……」

と、ミカは言った。「何が正しくて、何が間違ってるか分らなきゃ〈正誤表〉って作れないでしょ。それが正しいかどうか、誰が決めるの?」

中林は、少し冷ややかにミカを見て、

「君にこんな話をしたのは間違いだったかな?」

と言うと、立ち上った。「さあ、立って」

片山は一階下でエレベーターを降りると、階段を上って屋上へ出た。

塔屋《とうや》のドアは半ば開いていた。

「ホームズ……。暗いけど、お前なら見えるだろ」

と、小声で言って、拳銃を手にすると、そっと忍び出た。

冷たい風が吹きつけて来る。

どこだ？　――暗いので、すぐには辺りの様子もつかめない。

そのとき、

「助けて！」

と、叫び声が上った。

江田ミカだ。片山は駆け出した。

屋上の隅、胸ほどの高さの手すりにもつれ合う二人の姿が見えた。といっても暗いので、ぼんやりと見えるだけ。

ホームズが鋭く鳴いて、足を止める。

「どうした？」

と訊いて、片山も気付いた。

二人がもみ合っているのは、手すりの向う側だ。下手にホームズでも飛びかかろうものなら、二人一緒に地面まで落ちてしまうおそれがあった。

「やめろ！」

と、片山は叫んだ。「もう囲まれてるぞ！　抵抗はやめろ！」

拳銃を握りしめ、腕一杯伸して狙いをつける。

二人の動きが止った。――ぼんやりとしか見えないが、ともかく服装で見分けはついた。

「その女の子を離せ！」

と、片山は言った。

「一緒に死んでやる」

と、声がした。「そこで見てろ！」

「やめろ！」

足を狙う、というわけにはいかなかった。暗くて、しかも二つの体が重なり合っているので、狙うのなら胸から上しかない。

片山は片膝をついて、左手を拳銃の銃把《じゅうは》の底に添えた。

「手すりのこっち側へ来い！」

「ごめんだね！　この子を道連れにするさ」

「よせ！　撃つぞ！」

ためらっていれば、江田ミカが死ぬことになる。片山は心を決めた。

引金に力を入れて——。ホームズがパッと飛び上って、片山の手に前肢をかけた。

手がぶれた。その瞬間、拳銃が発射されて、

「アッ！」

という叫び声が上った。

「ホームズ！　何するんだ！」

と、片山は言った。

が、ホームズは手すりの方へ飛んで行く。

片山もそれを追って駆けつけたが、一瞬ギクリとして立ちすくんだ。

手すりにもたれかかるようにして倒れているのは、ガードマンの制服で、もう一人は姿がない。

江田ミカの方を撃ってしまったのか？

「ニャー」

ホームズの声が明るく響いた。

片山は、近付いて唖然とした。——ガードマンの制服を着て気を失っていたのは、ミカの方だったのである。

「入れ替ってたのか！」

片山は息をついた。

中林は、上に着ているものを取り換えて、気絶させたミカと争っているかのように見せ、片山にミカの方を撃たせようとしたのだ。

ホームズがそれを見破って、片山の射撃を邪魔したのである。

「片山さん！」

石津が駆けて来た。「今、落ちたのは——」

「中林だ」

片山は急に座り込んでしまった。ミカが手すりの外側の狭い場所に気を失って倒れていることを考えたら、急に膝が震えて来たのだった。

「大丈夫ですか？」

「いいから、早く彼女をこっち側へ運んで来てくれ！」

片山はほとんど悲鳴のような声を上げた。


「お兄さんが一番青い顔してる」

「放っといてくれ」

と、片山は言った。

「でも、片山さんに命を助けてもらうなんて……。感動だ！」

と、ミカは一人感激に浸《ひた》っている。

ビルのガードマンの部屋に、ミカを運んで来たが、もうすっかり元気である。

ミカから中林の話を聞いて、一緒にいた則子は、

「人助けと思ってやっていたのね。――そういう心の病いこそ、気付いてあげなきゃいけなかったわ」

と、しみじみと言った。

——まだ、ビルの周辺ではあわただしく、人が駆け回っている。

もう夜中になっていた。丹羽しおり、相良一と村井敏江の三人はもう帰っていたが、逃げた川北の捜索と死んだ中林のことでまだまだ片山たちは帰るわけにいかない。

「——失礼します」

と声がして、大岡紘子が娘を連れて入って来た。

「大岡さん。まだいたの？」

と、則子は振り向く。

「ええ……。何といっても、川北のことが……」

「別れた人なんでしょ。あなたには何の責任もないんだから」

「ありがとうございます。——片山さん。娘がとんでもないご迷惑をかけたようで」

「いえ……。あの川北にやられた刑事も、割合軽いけがですんだようですから」

「良かった！」

と、聡子が胸をなで下ろした。

「しおりさんが、とても心配して下さって」

と、紘子が言った。

「丹羽しおりさんが？」

と、晴美が言った。

「ええ。あそこで色々おしゃべりしているときに、ひょっと洩らしてしまったんです、川北のこと。新聞で川北が逃げたことを知って、心配して電話を下さったり……」

「ああ、それじゃ、休憩中に電話してたのは、川北のことで……。そうだったんだ」

と、晴美は肯いた。「聡子さん、でもまだ安心できないわね」

「大丈夫！　片山さんがついててくれるんですもの」

と、聡子が言うと、ガバとミカが起き上って、

「ちょっと――。それ、どういう意味？」

「え？」

「私の義太郎ちゃんを気安く呼ばないでちょうだい」

「あら」

と、聡子は心外、という表情で、「私、片山さんとお見合いしたのよ」

「お見合い？」

「まあ、そんなことはともかく――」

と、片山が割って入ろうとしたが、

「私はね、二人で交換ＦＡＸする仲なんだからね！」

「何よ、それ。ガキ」

「こう見えても十六よ」

「お子様ランチでも食べてなさい。私は十八。もう結婚だってできるんだからね」

「ずいぶんトシね」

「もういっぺん言ってみなさいよ！」

「何よ！」

二人の少女の間に火花が飛び、当の片山は必死で知らん顔をしていたのだった……。

18　役者ホームズ

第一幕が終り、拍手が起った。

「──満員だ。大したもんね」

と、晴美は言った。

「お前、いいのか、ホームズのこと放っといても」

片山は座席で伸びをした。「おい、石津。起きろ」

石津はぐっすり眠り込んでいたが、片山につつかれて、ハッと目を覚まし、

「すばらしい！　ブラボー！」

と大声を出して周囲が呆気に取られた。

「ちょっと恵利の様子、覗いて来る」

晴美は、席を立ってロビーへ出ると、楽屋へと向った。

今夜は初日。恵利の初めての主役だ。ホームズの「初舞台」はむろん無事で、後半の方に出番が多い。

「恵利！　すてきよ」

と、手を振ると、汗びっしょりの恵利は息をついて、

「あがっちゃう！　でも、とっても気持いいわ」

と、上気した顔で言った。

「おい、汗を拭いて、メイクを直しとけ」

と、黒島が言った。

「はい」

恵利は鏡の前に座った。

丹羽しおりも、奥の方でメイクを直している。

「――ホームズ、どうですか？」

と、晴美が訊くと、

「専属契約ってわけにゃいかんだろうね」

「高くなります」

ホームズが悠々《ゆうゆう》とその辺で寝そべっている。

「――恵利はまずまずだ」

と、黒島は小声で言った。「本人には言わんで下さいよ。うぬぼれる」

「はい」

晴美は微笑んで、「本人も当分男どころじゃなさそうですね」

「こっちもね。有田がいないので、女どころじゃない」

と、黒島はため息をついた。

それがいかにも実感のこもった口調で、聞いた晴美は笑いをこらえるのに苦労しなくてはならなかった。

「じゃ、お邪魔になっても……。ホームズ、終ったら、迎えに来るからね」

「ニャー」

晴美は、楽屋を出ると、飲物を買ったりする人たちで混雑するロビーを抜けて行った。

「あ、晴美さん」

と言われて振り向くと、大岡聡子である。

「あら、来てたの」

「ええ。母は今夜仕事なんで、明日見に来るって」

「まあ、ありがとう」

聡子は明るく見えた。川北はまだ見付かっていないが、もう大岡紘子と聡子の生活には何の影も落としていないようである。

「片山さんは？」

「お兄さん？　来てるわよ。終ったらどうせホームズを連れて帰るから」

「じゃ、待ち伏せしちゃおう」

「どうぞどうぞ」

他人《ひと》のことだと思って、晴美も面白がっている。

――晴美が行ってしまうと、聡子は紙コップのジュースを飲み干して、開演五分前のチャイムが鳴ったので、トイレに入った。

手を洗ってロビーへ出ると、もうみんな客席へ戻って行くところ。聡子も、席に近い入口の方へと急ぐと――。

「聡子」

振り向く前に、それが誰の声か分っていた。

「――何しに来たの」

と、聡子は押し殺した声で、「人が大勢いるのよ」

「分ってる」

と、川北は言った。

「早く行って！」

「聡子……。もう一度頼みに来たんだ。一緒に来てくれ」

川北は聡子の手を取った。聡子はその手を振り払いはしなかったが、

「それはできません」

と、首を振った。「できないわ」

「どうしてだ！」

「お母さんを捨てて行ける？　そんなことできないわ」

「しかし――」

「お父さん」

と、聡子は言った。「信じないわけじゃないのよ。私はあなたと他の女の人の子だってこと。そしてお母さんは私を引き取って育ててくれたのだってこと……。でも、血のつながり？　そんなものが何なの？　実の子でないなら、なおさらお母さんがどんなに立派だったか、お父さんには分らないの？」

「それは……。確かに、こうして育ててくれてありがたいと思ってるが」

「それなら、私とお母さんをそっとしておいて。それがお母さんへの感謝の気持を表す唯一の方法でしょ」

川北は、しばらく聡子を見つめていた。

チャイムが鳴って、

「もう始まる。――人が見たら変だと思うわ。もう行って」

と、聡子は早口に言った。

「分った」

川北は、手を離した。「——分った」

「ごめんなさい」

聡子はそう言うと、足早に客席へと入って行く。

川北は、ゆっくり劇場を出た。

懐《ふところ》には、まだ弾丸の二発残った拳銃があって、川北は、今日ここでその二発を使うつもりだったのだ。しかし、結局、一発だけはむだに残すことになった。

後は場所を選ぶだけだ。

——川北は、ふっと夢から覚めたように暗い周囲を見回して、それから方向を定めると足早に歩き出した。

居心地のいい居間。

ホームズがソファで欠伸をする。

「——あの猫、本物？」

「ロボットだろ」

「リモコンで動いてるの？　でも、よくできてるわね」

近くでそんな囁きが聞こえて、晴美は笑いをかみ殺した。

舞台に、丹羽しおりと恵利が入って来る。

「あなたの気持は分るけど」

と、しおりが言って、手にした雑誌を丸めながらソファに腰をおろし、ホームズをなでる。

「分っちゃいないわ。――誰も分っちゃくれない」

恵利は、一人用のアームチェアに疲れたように座って、「あのころは、そうじゃなかったのに」

「あのころって？」

と、しおりが訊く。

恵利が少し前かがみに頰杖《ほおづえ》をつき、暖炉へ目をやった。

晴美は、何度も稽古で見ていたから、セリフのやりとりも大体頭へ入っているのだが……。

おかしい。――晴美は眉を寄せた。こんなに間《ま》が長いなんて。

変だわ。恵利……。あなたのセリフよ！


恵利は舞台の上で凍りついていてしまっていた。

セリフが出て来ない！

どうしたんだろう？　あれほどくり返し憶えて、どんなにぼんやりしていてもしゃべれたのに！

突然頭の中が真白になったように、セリフが分らなくなってしまったのである。

汗がにじんだ。――どうしよう。どうしよう。

思い出して！　落ちついて！

きっと出て来る。そう、大丈夫……。

しかし、白紙に返ったページは、いつまでも白紙のままだった。

間が空きすぎる。客席がかすかにざわつくのが分った。

焦ると、ますます分らなくなってしまった。

ホームズが顔を上げる。

もうおしまいだ！　どうしよう……。

恵利は舞台から逃げ出したかった。

すると――かすかに紙の裂ける音がして、しおりが、手にした雑誌のかげで、客席から見えないように紙を破り取っている。

ホームズが、ギュッと伸びをすると、ストンと床へ下りて、ソファの裏側へ入って行った。

しおりは、破り取った紙をそっとソファの裏側へ落とした。ホームズがそれをくわえて、ソファの後ろを抜けて、恵利のそばへ持って行った。

恵利はハッとしてホームズを見た。ホームズがくわえているのは――台本のこのページだ！

初めの言葉が読み取れた。――思い出した！　思い出した！

「私がお華《はな》を習いに、あそこへ通ってたころじゃないの、もちろん」

と、恵利は言った。

しおりと目が合う。——しおりの口もとに、かすかな笑《え》みが浮かんだ。

客席にホッと吐息が洩れた。

恵利は滑《なめ》らかに長いセリフを劇場に響かせて行った……。


幕が下りた。

恵利は同時に崩れるように舞台に座り込んでしまった。

しおりがびっくりして、

「大丈夫?」

と、かがみ込んだ。

「何だ、だらしないぞ」

と、黒島がやって来る。「毎日引っくり返るつもりか」

「先生……。主役、しおりさんに替えて下さい」

と、恵利は言った。「とてもだめです……。あんな……。みっともないこと!」

「心配しないで」

と、しおりは言った。「どんなベテランだって、あることなのよ。私、初めての舞台できれいさっぱり忘れて、袖《そで》まで訊きに戻ったもんだわ」

「しおりさん……」

「それ以来、初日は台本を隠して持って出るの。こんな風に誰かの役に立つこともあるしね」

「ありがとう！」

恵利はしおりの手を握りしめた。

「泣かないで。——ね、ゆっくり体を休めないと、明日も舞台はあるのよ」

恵利がやっと立ち上ると、晴美がやって来た。

「恵利！　お疲れさん」

「晴美！　ハラハラした？」

「寿命があれで三年は縮まったね」

「ごめん」

と、恵利は笑って、「——白状することがあるの」

「何？」

「男たちに襲われかけたって話……。嘘だったの。遅刻の言いわけ考えてて、どうせなら大げさな話にした方が、却って本当らしいかと思って……。しおりさん、ごめんなさい。私、役を降ろされても、文句言えないのに」

「馬鹿め」

と、黒島が拳《こぶし》でコツンと恵利の頭を叩いて、「どうせなら、男と寝てて、つい寝過して、ぐらいのことを言え。役者のくせに」

「すみません」

と、恵利は首をすぼめた。

「ま、当分恵利はお子様だね」

「ニャー」

ホームズが、「そうだ!」という風に鳴いたので、みんなが一斉《いっせい》に笑い出した。

——ともかく、初日は終ったのである。

エピローグ

片山は居眠りしていた。

いや、いつも捜査一課で居眠りしているわけではない。芝居を見た後、また出勤して、もう夜中の一時。

眠くもなるというものだが……。

カタカタと音がして、目を開ける。

うん？　ＦＡＸか。――何だ？

眠気覚まし、と立ち上り、ＦＡＸの機械の方へ歩いて行くと……。

〈義太郎ちゃん、今晩は！〉

やれやれ……。苦笑して見ていると、

〈今夜も一人です。ただ――何だかさっきから外で物音がするの。ちょっと気味が悪いので、片山さんの所にこれを送って〉

片山は、目をパチクリさせた。

ＦＡＸの文面はそこで途切れて、その後から妙な図形が――。

いや、そうじゃない。何か液体がＦＡＸの紙の上にパッと広がったようで……。それがそのまま送られて来たのだ。

これは……まさか！　血じゃないだろうな？

〈外で物音が……〉

片山は、そのＦＡＸをつかむと、

「出て来る！」

と、残っている同僚へ声をかけて、猛スピードで捜査一課を飛び出した。

そして……。

大体、どこに住んでいるものやら、知りもしない家へよく辿り着いたものである。

後で考えると、車から晴美へ電話して住所を訊いたらしいのだが、記憶がない。

ともかく気が付いたときには、息を弾ませて、江田家の玄関に立っていたのである。

玄関のドアが開いている！　やはりおかしい。

「ミカ君！　――ミカ君、片山だ！」

と叫びながら、遠慮している場合じゃないと上り込んで奥へ入って行く。

「ミカ――」

居間のドアを開けると、当のミカが立っている。

「来た！」

「君……」

「きっと来てくれると思った！」

と、ミカが駆けて来て片山の腕にしっかりつかまり、「帰さないよ！」

「じゃ……。君、わざとやったのか、あんなこと！」

と、片山は真赤になって言った。

「あんなことって？」

「だからＦＡＸに……その……」

血が飛んだりしたら、そんなものＦＡＸできるわけがない。気が付かない方が馬鹿だった！

「あのね、僕は仕事があって――」

「夜食、作ったの。一緒に食べて」

と、ミカが片山を引きずって行く。

「おい……」

「夜明けのコーヒーまで付合えとは言わないから！」

片山は仕方なく笑い出してしまった。

「分ったよ」

「やった！」

ミカがダイニングキッチンへ片山を連れて来ると、椅子にかけさせ、自分はさっさと料理を温めたりして、

「夜中の仕事のときは何か食べるの？」

「うん？　──ああ、コンビニの弁当とかかな、外じゃ」

「体に悪いよ。私がお弁当作ってあげられるといいのに」

「君は高校生だぜ。学校の勉強が第一」

「やってるよ。今夜は試験勉強」

「それで夜食？」

「うん。──はい、できた！」

ミカは楽しげに、二人でテーブルにつくと、

「片山さん、あと何年独身でいる？」

「さあ……。何せあの怖い妹がいるからな」

「私が成人するまで独りでいてね。私、奪いに行くから」

「その前に晴美に亭主を見付けてくれ」

と、片山は食べながら言った。「──旨《うま》い！」

「そう？」

「うん……」

きっと、今ごろ晴美の奴、クシャミしてるかな。

そう思ったとたん、片山が派手にクシャミをした。

きっと、晴美とホームズで俺の悪口を言ってるんだ！

片山は、いささか情ない思いで、ミカの作ってくれた夜食を食べた。

――ま、俺にゃ子守が似合ってるのかもしれないな。

目を上げると、ミカの明るい笑顔に出会った。まだ人生の陰の面を知らない明るさだ。

片山はふと、自分のこの年ごろのことを思い出したりして、センチメンタルな気分になった。

「――食べないの？」

「いや、食べるよ。おいしいよ、なかなか。――うん、おいしい」

片山は、あわてて食事を続けたのだった。

解説

山前《やままえ》　譲《ゆずる》
（推理小説研究家）

片山晴美《かたやまはるみ》の高校時代の友人である野上恵利《のがみえり》が、所属している劇団の新作でヒロインに抜擢《ばってき》されました。そこでお祝いをしようと、兄の義太郎《よしたろう》も交《まじ》えて食事をしたのですが、その席で彼女が義太郎にとんでもない相談をするのです。「もし、私が殺されたら、よろしくお願いします」と——。

その恵利にヒロインの座を奪われた丹羽《にわ》しおりは、ノイローゼ気味でグループカウンセリングに通っていました。若者ながら気の利くガードマンがいるビルのクリニックに集うのは、しおりの他に、一回りも年下に部長のポストをとられた南原悟士《なんばらさとし》、転校生に成績のトップを奪われてしまう中学生の相良一《さがらはじめ》、思いやりのない夫に殴られてしまった村井敏江《むらいとしえ》……。各人各様に心を乱していたその男女に、殺人事件の影が迫るのです。

二〇一七年三月刊の『幽霊協奏曲』でオリジナル著書が六百冊に到達した赤川さんですが、そのなかでとりわけ光り輝いているのは三毛猫ホームズのシリーズでしょう。赤川作品のシリーズ・キャラクターは主なものだけでも十指《じっし》に余ります。それぞれにユニークで魅力的ですが、片山義太郎・晴美の兄妹に飼われているメス猫のホームズは、絹のような色艶のよい毛並みと鋭い推理で多くの読者に愛されてきました。二〇一六年刊の『三毛猫ホームズの証言台』でシリーズは五十一冊に到達していますが、これは赤川作品のシリーズのなかで最多です。その人気ぶりは数的に証明されています。

シリーズ第一作の『三毛猫ホームズの推理』は、一九七八年四月にカッパ・ノベルスより刊行されました。赤川さんにとってまだ三冊目の著書でしたが、ベストセラーとなって作家専業への道を拓《ひら》いたのです。スタートの時点から、三毛猫ホームズのシリーズは赤川作品の中心になる運命だったとも言えます。

今回、その三毛猫ホームズのシリーズから、ユニークなストーリーの六長編が新たな装いで刊行されることになりました。

シリーズ中もっとも（多分？）猫が登場する『三毛猫ホームズの怪談』（一九八〇）を最初に、クラシック音楽の世界を背景にした『三毛猫ホームズの狂死曲《ラプソディー》』（一九八一）、ホームズがヨーロッパを旅する『三毛猫ホームズの登山列車』（一九八七）、大林宣彦《おおばやしのぶひこ》監督による映像化も話題となった『三毛猫ホームズの黄昏《たそがれ》ホテル』（一九九〇）、片山義太郎の結婚話が興味津々の『三毛猫ホームズの心中海岸』（一九九三）、そしてホームズが意外な才能を発揮している本書『三毛猫ホームズの正誤表』（一九九五）の六作です。なかなかヴァラエティに富んだラインナップではないでしょうか。

正誤表とは読んで字の如《ごと》く、誤りを正す表ですが、一般的には誤植を訂正するため出版物に挟み込まれているものを示します。誤植！　あまり耳にはしたくない言葉です。三毛猫ホームズのシリーズは第一作からずっとカッパ・ノベルスから刊行されていますが、その奥付のページにある編集部からの「お願い」には、〝どの本にも一字でも誤植がないようにつとめておりますが、もしお気づきの点がありましたら、お教えください〟と記されています。これは逆説的に、誤植はありませんと言っているようなものでしょう。

ところが、編集者に校正者と、刊行されるまでに少なからぬ人が目を通していながら、完全になくすことのできないのが誤植です。さすがにタイトルや著者名に間違いがあったら刷り直しでしょうが、正誤表で対応できるくらいの軽微な誤植なら……いえいえ、そんな事態になったら、担当編集者のショックたるや想像を絶するものがあります。

とくに赤川さんの担当編集者は、誤植に関してとりわけ注意を払っているはずですから、気絶してしまうかもしれません。なぜなら、赤川さんはある意味、校正のプロと言ってもいいからです。

二〇一六年に作家生活四十周年を迎えた赤川さんですが、一九七六年に「幽霊列車」でデビューしたときは日本機械学会勤務のサラリーマンでした。高校卒業後、数か月の書店勤務を経てそこに就職したのは一九六六年です。そして編修課員として、月刊の「日本機械学会誌」と「日本機械学会論文集」のほか、学会刊行の単行本の編集に携わるのでした。

日本機械学会は機械に関する広い学術の分野をカバーする学会で、一八九七年の設立ですから二〇一七年が百二十周年という歴史ある団体です。たとえば「日本機械学会誌」の二〇一七年二月号の目次を見ると、メインの特集が「新しい新幹線を創り出す技術」で、小特集が「材料力学における異分野融合の大きな可能性」となっています。

新幹線ならまだ馴染《なじ》みはありますが、その内容が専門家に向けてのものであることは間違いありません。しかし、赤川さんは機械関係を学んだわけではありませんから、まったくの門外漢です。それで編集ができる？　いえ、かえって知識のないほうがいいそうです。原稿どおりに誌面をつくればいいのですから。誤字、脱字の類《たぐ》いはもちろんチェックできるでしょうが、数式の定数や微積分の結果が正しいかどうかなんて、簡単に確かめることはできません！

赤川さんにとってその仕事は性に合っていたようです。校正の資格まで取得したそうですから。そうした経験があるだけに、新刊ができあがると誰よりも早く誤植に気付くという噂が……その真偽《しんぎ》はさておいて、もちろん誤植はこれまでほとんどなかったことでしょう。そして、シリーズ第二十八弾となるこの『三毛猫ホームズの正誤表』が一九九五年十一月に刊行されたとき、こんな「著者のことば」が寄せられていました。

「どうして自分だけがこんな目にあうんだ？」

運の悪い人は、たいていこうやって嘆くものだが、実際には、こう思っている人はいくらでもいる。今回は律儀《りちぎ》に人の人生を「訂正」しようとする犯人の連続殺人だ。本に「正誤表」があるように、人生にも「正誤表」をという……。これは著者がかつて校正の仕事をしていたことから来た発想かもしれない。この本に正誤表がついたら、ホームズに笑われそうだ。用心、用心……。

ベテラン看護婦の大岡紘子《おおおかひろこ》が安心感をもたらすクリニックでの、カウンセラーの岩井則子《いわいのりこ》を交えてのトークのなかで、それぞれが不満を吐露していきます。その思いをくみとってくれたのでしょうか。正誤表が彼らの前に出現するのでした。そして事件が連続します。いったい誰が、なんの目的で？　ミスであることは確かですが、書籍の正誤表なら謝ってすむことです。しかし人生の正誤表となればそうはいきません。そもそも、それは正しい「正誤表」なのでしょうか？

ところで、いまだ独身の片山義太郎、もしかしたらこれまでの恋愛模様に正誤表があったらと思っているかもしれません。ここにはその義太郎を結婚させようと奮闘してきた、叔母《おば》の児島光枝《こじまみつえ》が登場しています。そして例によって見合いの場をセッティングしていますが、今回は彼女自身が事件の重要関係者となっているのです。これは異色の展開でしょう。そして義太郎はふたりの若い女性に同時に迫られて……なんとも羨《うらや》ましいことです。

　こうして読みどころたっぷりの『三毛猫ホームズの正誤表』ですが、シリーズの一冊としてもっとも注目すべきことは、ホームズが女優デビューを果たしたことかもしれません。野上恵利が所属している劇団の主宰者であり演出家である黒島竜《くろしまりゅう》が、今度の舞台のイメージにぴったりだと、ホームズを出演者（出演猫？）にしてしまったのです。

「三毛猫ホームズの優雅な生活」で絵のモデルを務めたこともありましたが、さすがに舞台上での演技は初めてです。でも、稽古《けいこ》に入ると、「猫ちゃんは椅子の上に丸くなって！」という黒島の無茶な指示通りに演技するのです。マスコミを入れての公開リハーサルでは、「そこで猫、欠伸《あくび》」と言われると、ちゃんと欠伸をするホームズなのです。本番でそのシーンを見た観客のなかには、「ロボットだろ」なんてことを言う失礼な人がいたほどでした。

　こんな猫の名演技、あながちフィクションでもないようです。二〇一二年四月から六月まで相葉雅紀《あいばまさき》さんが片山刑事を務めて日本テレビ系で放映された『三毛猫ホームズの推理』では、シュシュという猫がホームズを演じていました。それがデビュー作とのことでしたが、彼女の演技は抜群で評判になったのです。可愛らしいのは言うまでもなく、『シュシュの女優日記』という写真集（！）まで出版されました。

　ひょっとするとまだ演技派の猫が世の中にいる？　いや、シュシュなんかに負けてはいられません。我らがホームズは『三毛猫ホームズの回り舞台』（二〇一五）で再度舞台に立って、名演技を披露するのです。やはり晴美の友人である桑野弥生《くわのやよい》が役者をしている劇団の主宰者が、ホームズの才能を見抜くのでした。

まさに多芸多才なホームズですが、もちろん本業（？）は謎解きです。複雑に絡み合う人間関係が迷宮の深い闇に誘っていきます。やはりホームズの叡智が事件解決には欠かせません。そんなホームズの人生に正誤表は不要でしょう、これからも。ところで、まさかこの解説に正誤表は挟まれていないですよね？

一九九五年十一月　カッパ・ノベルス（光文社）刊
一九九八年十二月　光文社文庫

光文社文庫

長編推理小説
三《み》毛《け》猫《ねこ》ホームズの正《せい》誤《ご》表《ひよう》　新装版
著　者　赤《あか》川《がわ》次《じ》郎《ろう》

2017年4月20日　初版1刷発行

発行者　鈴　木　広　和
印　刷　堀　内　印　刷
製　本　榎　本　製　本

発行所　株式会社　光　文　社
〒112-8011　東京都文京区音羽1-16-6
電話 (03)5395-8149　編　集　部
8116　書籍販売部
8125　業　務　部

ISBN978-4-334-77455-4　Printed in Japan

組版　萩原印刷

赤川次郎ファン・クラブ

三毛猫ホームズと仲間たち

入会のご案内

会員特典

★会誌「三毛猫ホームズの事件簿」（年４回発行）
会誌の内容は、会員だけが読めるショートショート（肉筆原稿を掲載）、赤川先生の近況報告、先生への質問コーナーなど盛りだくさん。

★ファンの集いを開催
毎年夏、ファンの集いを開催。賞品が当たるクイズ・コーナー、サイン会など、先生と直接お話しできる数少ない機会です。

★「赤川次郎全作品リスト」
500冊を超える著作を検索できる目録を毎年５月に更新。ファン必携のリストです。

ご入会希望の方は、必ず封書で、〒、住所、氏名を明記の上、82円切手１枚を同封し、下記までお送りください。（個人情報は、規定により本来の目的以外に使用せず大切に扱わせていただきます）

〒112-8011
東京都文京区音羽 1-16-6
(株)光文社　文庫編集部内
「赤川次郎F・Cに入りたい」係

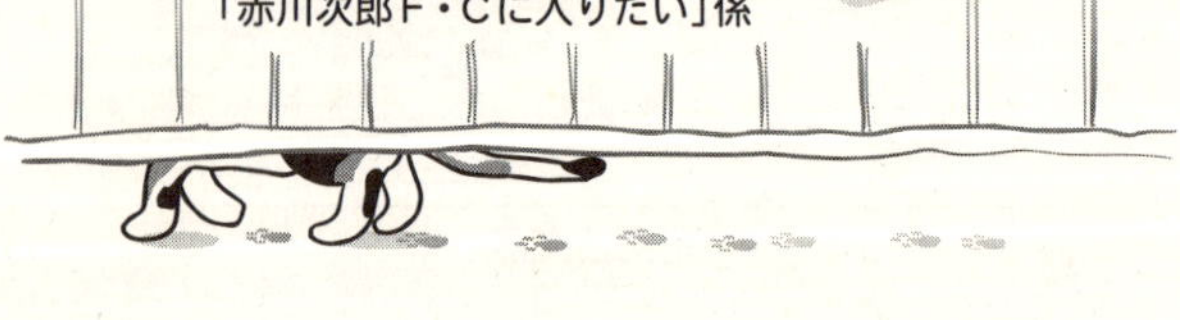